# 생리 중이야

# 생리 중이야

**1판 1쇄 발행** 2021년 3월 19일

**지 은 이** 민은혜, 박보람
**펴 낸 이** 신혜경
**펴 낸 곳** 마음의숲

**대 　 표** 권대웅
**책임 편집** 전유진
**편 　 집** 채수희
**디 자 인** 임정현 박기연
**마 케 팅** 노근수 김은빈

**출판등록** 2006년 8월 1일(제2006-000159호)
**주 　 소** 서울특별시 마포구 와우산로30길 36 마음의숲빌딩(창전동 6-32)
**전 　 화** (02) 322-3164~5 **팩스** (02) 322-3166
**이 메 일** maumsup@naver.com
**인스타그램** @maumsup
**용지** (주)타라유통 **인쇄·제본** 스크린그래픽

ⓒ민은혜, 박보람 2021
ISBN 979-11-6285-074-9 (03810)

# 생리 중이야

민은혜·박보람 지음
생리 자문단 감수

마음의숲

**일러두기**

* 생리를 일컫는 많은 단어가 있지만 이 책에서는 보편성을 위해 생리로 통일하였으며, 상황에 따라 월경을 혼용하였다.

* 이 책에서는 완경기를 사용할 것을 권장하지만 보편적으로 갱년기라고 칭하므로 혼란을 방지하기 위해 혼용하였다.

서로 겪은 경험을 이야기하면 공감대가 형성되어
여성에게 필요한 변화의 불꽃을 피울 수 있다.

– 셰릴 샌드버그(페이스북 COO)

# 프롤로그:
# 이게 진짜 여자 인생이라고요?

　시작은 단순했다. 나는 생리를 했고, 남들보다 생리통이 조금 심했다. 엄마도 동생도 친구들도 다들 생리를 했고, 나보다 생리통이 더 심한 친구들도, 배를 잡고 데굴데굴 구르는 나를 신기하게 바라보는 친구들도 있었다. 생리는 한 달에 한 번씩 나를 찾아왔고, 그것은 곧 일상이 되었다.

　중학교 3학년이 끝나갈 무렵 초경을 했는데, 생리통은 성인이 되어서 생겼다. 첫 생리통이 언제였는지는 기억나지 않는다. 처음엔 분명 감당할 수 있는 수준의 통증이었는데 어느 날 집 화장실에서 지옥을 맛봤다. 나는 변기에 앉아 있었고, 피는 계속 물속으로 떨어졌다. 등에서는 식은땀이 났고 허리를 펼 수도, 구부릴 수도 없었다. 차라리 화장실 바닥에 눕는 편이 낫겠다 싶어 그대로 바닥에 누웠다. 피가 물이 아니라 사타구니 위로 흐르고 있을 뿐, 누워도 똑같았다. 물에 젖은 화장실 바닥이 너무 차가워서 다시 앉아 있자고 마음먹었다. 변기까지 올라갈 힘이 없어 변기에 기대어 앉았다. 씻으려고 따뜻한 물을 틀어놓았던 탓에 화장실이 수증기로 가득 찼다. 시야가 흐려지고 정신이 혼미해졌다. 마지막 남은 의식을 모아 엄마를 불렀다. 엄마는 다리에 피가 흐르는 나를 보며 일단 물로 닦고 나오라고 하셨고, 따뜻한 차를 끓여주고 내 등을 문질러주었다.

이제는 서울에서 자취를 하고 있어서 차를 끓여주고 쓰다듬어 줄 엄마가 없지만 생리통의 기세는 여전하다. 그때마다 변기를 부여잡는다. 그날도 여느 때처럼 넉다운이 되어 화장실에서 기어 나오다 갑자기 서럽고 억울한 마음이 들었다. 아무나 붙잡고 이 힘듦을 털어놓고 싶었다.

'하지만 생리는 모든 여자가 하는데도 누구도 이야기하지 않는 거잖아.'

마땅히 하소연할 데가 없었다. 그래서 텅텅 비어 있던 인스타그램 계정에 그림을 그려 올렸다. 이것이 툰 '생리 중이야'의 첫 에피소드이자 이 책의 첫 꼭지가 되었다.

반응은 뜨거웠다. 사람들은 나에게 응원 이모티콘을 아낌없이 날려주고 숨기고 있던 자기 이야기를 꺼내 들려주었다. 생리 때문에 곤란했던 일, 당황스러웠던 사건, 면 생리대 애벌빨래 하는 법, 생리컵 사용법, 생리통에 좋은 차 추천과 같은 사연과 꿀팁을 나누는 댓글들이 넘쳤다. 딸 넷을 키우면서 생리 도사가 된 어머님, 오랫동안 생리에 대해 연구하고 진료해온 전문의 선생님, 생리대 스타트업 대표님, 허브 지식으로 무장한 아로마 테라피스트 선생님, 제약 회사 영업 팀장님, 유튜브 스타 약사님들, 페미니스트 언니들 등등 수많은 '프로 생리러'가 댓글과 메시지로 아이디어와 정보를 보탰다.

그렇게 '적군에게도 생리대는 빌려준다'는 여자들만의 피의 연대가 시작되었다. 따뜻했다. 모두가 엄마 같았다.

우리는 달마다 생리를 하면서도 생리에 무관심하고 무지했다. 나도, 내 배를 쓰다듬어주고 차를 내주던 엄마도 예외는 아니었다. 엄마는 내게 그냥 그게 여자의 인생이라 했다.

생리 툰을 그리면서 생리를 시작한 지 10년이 훨씬 지나서야 생리에 대해 제대로 배우고 어떻게 대처하고 행동해야 하는지 하나하나 알아갔다. 그러면서 생리를 넘어 더 당당하고 자신감 있는 나로 바뀌어갔다. 그 과정을 이 책에 담았다.

"나 생리한다!"고 동네방네 광고하자는 말은 아니다. 아픈 걸 왜 몰라주느냐고 골을 내고 싶지도 않다. 하지만 이제는 생리대

를 사려고 굳이 여자 알바생이 있는 편의점을 찾아 돌아다니고
싶지도, 마약을 건네듯 주변을 살피며 친구에게 생리대를 건네
고 싶지도, 작은 청바지 주머니에 생리대를 숨기듯 쑤셔넣고 화
장실로 가고 싶지도 않다. 그저 종이컵을 들고 걸어가는 사람을
아무렇지 않게 지나치듯이 생리대를 들고 화장실로 들어가는
사람을 신경 쓰지 않는 무심한 시선을 바랄 뿐이다.

주인공의 이름을 자연이라고 지었다. 스스로 그러한 것. 그렇
다. 생리는 그저 자연스러운 것이다. 여자라면 누구나 하는. 하
지만 우리는 과연 생리를 '자연'스럽게 대해왔을까.
꺼내자. 나누자.
검정 봉투 속에 꽁꽁 숨겨놓은 우리 모두의 생리 이야기.
누구도 생리 때문에 당황하고, 힘들고, 아프고 상처받지 않도록.
생리를 자연스러운 일상으로 받아들이고 함께 배려하는 모든
여성의 슬기로운 생리 생활을 위하여.

2021년 여성의 날,

민은혜, 박보람

# 2부

# 나…
# 사실 생알못이야

# 3부

# 사회야,
# 함께 생리하자

# 4부

## 이제는
## 생리도 장비발

# 1부

## 남자들은 죽었다 깨어나도 모르는
## 여자들의 생리 공감

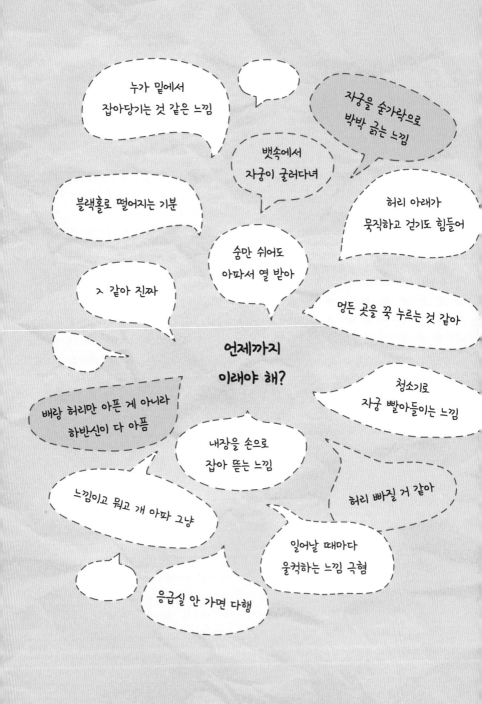

겪어본 사람만 알 수 있는
여자들만의 피의 연대기

# 나는 그날이면
# 변기와 한몸이 된다

나는 그날이면 변기와 한몸이 된다.
절대 볼일 때문이 아니다.

바지도
안 벗음

변기 밑에서 구르기도 하고,

기운이 빠져 변기에 기대기도 하고,
변기 위에서 이유 없이 울기도 한다.

가끔은 변기 아래에서 잠을 자기도 한다.

그날은

바로 생리다.

# 드루와 드루와

# 살려는 드릴게

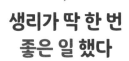

# 생리가 딱 한 번
# 좋은 일 했다

중학교 때 단짝과 싸워서
한동안 서먹했던 적이 있었다.

시간이 흐를수록
친구의 빈자리는 커져만 갔다.

어느 날, 몸 상태가 좋지 않아서
점심 시간에 낮잠을 자던 중
찝찝한 느낌에 눈이 번쩍 뜨였다.

또 너냐···

역시나 생리였다!

생리대 있는 사람···?

생리대가 없었던 나는
급하게 생리대를 구하러 다녔다.

생리대 있어?

열심히 친구들에게
생리대를 빌리던 중,
누군가가 내 등을 두드렸다.

돌아보니 서먹했던 친구가
생리대를 들고 서 있었다.

생리대 하나로 그간의
서먹함이 순식간에 사라졌다.
적군에게도 생리대는 빌려준다는
끈끈한 혈연(?) 덕분에
우리는 다시 절친이 되었다!

# 생리대 덕분에

나는 메이크업 관련 업종에서 일하고 있다.

팡팡

이건 이번에
리뉴얼된
블러셔예요.

어려서부터 화장에 관심이 많아
중학생 때부터 비비 크림이나 틴트 정도는
기본으로 발라줬고

이 정도는
생얼이지~

주말이나 단축 수업이 있는 날에는
풀메*를 하며 스트레스를 풀었다.

*풀 메이크업

그런 나에게 있어 가장 큰 시련은
악명 높은 학주 선생님이었다.

나를 잡으려는
학주 선생님과의 숨바꼭질은
입학 후로 계속 되었다.

어느 날,
친구들과 놀러 가기로 한 나는
연장(?) 담당답게 가방에
화장품을 한가득 챙겨왔다.

이따 올리X영
들르자고 해야지~

수업이 끝나고 종례를 기다리던 찰나!

홍대 갈래?

강남역은 어때?

콜!

ㅋㅋ

ㅅ

ㅋㅋ

갑자기 앞문이 열리더니
학주 선생님이
들어오시는 거다!

마치 저승사자 같았다…

학주 선생님은 덫을 놓은 사냥꾼처럼
단축 수업에 맞춰 가방 검사를 하러 오신 거였다.

참고로 뺏긴 물건은
졸업식 때 돌려준다…

내 귀여운 아가들
뺏기면 어떡해ㅠㅠ

떡볶이 먹고 싶은 것도 참아가며 모은
내 소중한 아가들이 3년간
교무실에서 썩게 될 위기였다.

그때 들려오는 구원의 목소리가 있었으니!

아··· 가방에
생리대 많은데····.

나는 바로 생리대를 넘겨달라고 했다.

우리가 더 고마워!

고마워!

완전 범죄!

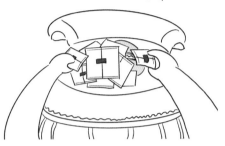

화장품 파우치를 가방 안쪽에
넣고 그 위를 생리대로 덮어
화장품을 숨길 생각이었던 거다!

너, 오늘 딱 걸렸어.
화장품 있지?

드디어 학주 선생님이
내 자리까지 오셨고,

가방을 연 순간…!
생리대만 잔뜩!

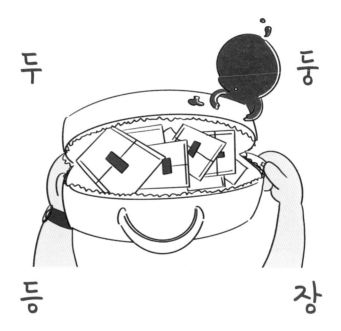

두

둥

등

장

급격하게 얼굴색이 변한 선생님은 내 가방은
제대로 확인도 하지 않으신 채 다음 차례로 넘어가셨다.

그저 생리대가 부끄러워서 그러셨던 걸까?
아니면 그 찰나의 순간에 여자들만의 아픔을 이해하셨던 걸까?

아무튼 그날 내 아가들은
생리대 덕분에 살 수 있었다.

# 생리 아빠

중학교 1학년 때의 일이다.

나는 엄마, 동생과 살고 있었다.
아빠는 재혼을 해서 자주 뵙지 못했다.

엄마는 내가 고학년이 됐을 때부터
생리에 대해 잘 알려주셨고,
그래서 항상 마음의 준비를 하고 있었다.

하지만 나의 초경은
너무나 당황스러운 순간에 시작되고 말았다.

중학교에 올라간 나는 짝꿍과 친해져
학교가 끝나면 종종 집에 놀러가곤 했다.

그날도 친구 집에서 정신없이 놀다가
밥까지 얻어먹고 집으로 출발했다.

친구 아버지께서 늦었다며
차로 집에 데려다주셨는데…

집으로 가는 그 짧은 순간,
나는 올 것이 왔다는 것을 직감할 수 있었다.

눈물이 왈칵 쏟아졌다.
아무 말도 할 수 없었다.

고급 승용차 시트가 내 피로
젖을 걸 생각하니 기분이 참담했다.

나는 너무 당황해서 도착하자마자
울면서 집으로 뛰어들어갔다.

그날 저녁, 상황을 알게 된 엄마는
친구네 부모님과 한참동안 전화 통화를 하셨다.

네, 민지 어머니,
잘 지내셨죠?
오늘 우리 딸
챙겨주셔서 고맙습니다~

속상했던 하루가 지나고
애써 잠을 청하려는데, 메시지가 왔다.

톡

자연아, 안녕? 나 민지 아빠야. 저녁은 맛있게 먹었니?

아까 어머니에게 이야기 들었어. 아저씨 차에 피가 묻은 게 너무 미안하고 걱정돼서 차에서 뛰쳐나갔다며. 많이 놀랐지? 항상 밝고 착한 아이인 자연이가 급하게 얼굴을 가리고 집으로 달려가는 모습을 보고 아저씨도 깜짝 놀랐어. 걱정도 많이 됐고.

아저씨는 정말 아무렇지도 않아. 차 시트도 다 닦아서 지금은 새것 같단다. 많이 당황했을 텐데 아저씨가 도움이 돼주지 못한 것 같아 오히려 미안해.

자연이는 내 딸 같은 아이야. 그러니 걱정하지 말고 조만간 또 놀러 오렴. 다 같이 맛있는 거 먹으러 가자.

친구 아버지께서
긴 편지를 써주신 거였다.
나는 또 엉엉 울고 말았다.

그 일을 계기로 친구와도 더 친해졌고,
친구의 부모님과도 가족처럼 지내는 사이가 되었다.

학교 끝나고
같이 저녁 먹으러 가자!
아빠가 데리러 오신대.

아빠가? 좋지!
뭐 먹으러 가는데?

생리 덕분에 아빠가 생긴 기분이다!

흑역사도
제대로 생겼다···

# 생리 기간 중 주의해야 할 점들

## 생리 용품 2~3시간마다 교체하기

생리혈이 흡수된 생리 용품은 세균이 증식하기 쉬우므로 생리 양과 상관없이 2~3시간마다 교체해주어야 한다. 특히 탐폰은 적어도 3~5시간마다 교체해주는 것이 좋고, 착용 시간은 최대 8시간을 넘지 않아야 한다.

## 탐폰 사용 시 독성 쇼크 증후군 주의하기

독성 쇼크 증후군은 포도상구균에 의해 발생하는 급성 질환으로 탐폰 사용과 관련성이 높다. 초기 증상으로는 고열, 구토, 어지러움, 발진 등이 있으며, 발생 빈도는 낮지만 몸에 치명적일 수 있어 빠르게 치료받지 않으면 쇼크가 오거나 사망할 수 있다. 이를 예방하기 위해 탐폰 사용 시 자주 교체하고, 오랜 시간 잘 때는 생리대를 사용하기를 권한다.

## 과한 운동 피하기

생리 중 운동은 생리통과 스트레스를 줄여주지만 너무 오래 하거나 과하게 하는 것은 피해야 한다. 생리 중 분비되는 릴랙신 호르몬의 영향으로 근육과 인대가 이완되어 있어 부상 위험이 커질 수 있기 때문이다. 고강도 운동을 60분 이상 할 경우 운동 유발성 염증이 일어날 수도 있다.

## 자극적인 음식 피하기

매운 라면, 짬뽕, 닭발 등 맵고 짠 음식들은 몸을 붓게 하고 생리통을 악화시킬 수 있으므로 가급적 피하는 것이 좋다. 특히 인스턴트 식품의 경우 생리 불순을 일으킬 수도 있다. 스낵류에 많이 들어가는 식물성 기름 또한 생리통에 영향을 주니 최대한 덜 먹으려고 노력해야 한다.

### 성관계 금지

생리 때 성관계를 하면 생리혈이 역류하여 복강 내로 흘러 들어가거나 벌어진 자궁 경부로 병원체가 침입하기 쉬워져 질염, 골반염, 자궁 내막증 등의 질환이 유발될 수 있다. 임신 걱정을 할 필요가 없다는 이유로 생리 중 성관계를 하는 경우도 있는데, 임신이 된 사례도 종종 있으므로 무조건 피해야 한다.

# 아들만 둘!
# 엄마의 생리

나는 어린 아들 둘을 키우는 엄마다.
하루는 이른 아침부터 예상치 못한
생리가 찾아온 날이 있었다.

애들 일어나기 전에
빨리 빨아야지···

아들들이 일어나기 전에 후딱!
빨래를 하기로 했다.

애들 유치원도
보내야 하는데···

하지만 그날따라 막내아들이 일찍 일어났다.

5살에게

다섯 살짜리 애에게 생리가 뭔지 설명해줘야 하나?
설명하면 이해할 수 있을까?

할머니,
엄마 아야해요···
피 나요, 엄청!

생리에 대해 아는 아들과 그냥 달래주기만 한 아들은
앞으로 여성을 대할 때 얼마나 다를까?
많은 생각이 드는 하루였다.

아들~ 엄마
하나도 안 아파.
걱정 안 해도 돼.

진짜야···?
엄마 안 죽어···?

그럼~

고생이 많다~

# 생리컵 때문에 짠~했다

나는 딸만 둘인 엄마다.

평소 생리통도 심하고 생리 양도 많아
불편한 게 한두 가지가 아니었는데

임신과 모유 수유를 하면서
자그마치 5년간 생리에서 해방될 수 있었다.

홍이 녀석
안 보니까 편하다~

꺼내줘!

그래서 임신과 모유 수유가
하나도 힘들지 않았다.

이 정도 쯤이야
감사하지!

둘째의 모유 수유가 끝날 즈음,
어김없이 자연의 섭리가 찾아오긴 했지만 말이다.

그래도 출산을 두 번이나 하고 나니
확실히 생리통은 많이 줄었다!

달라진 게 하나 더 있다.
그 사이 우리나라에
다양한 생리 용품들이 들어왔길래

뭐지,
이 신문물은?!

생리 중에도 생리를 하지 않는 것 같다는
생리컵에 도전해보았다!

오늘은
너로 정했다!

완경까지
함께하자,
내 아가.

몇 번의 시행착오 끝에
나에게 맞는 골든컵을 찾아
편안한 생리 생활을 하고 있다.

끓는 물에
소독 필수!

생리컵은 관리가 중요해
항상 깨끗이 닦고 소독해서
잘 건조해두는데…

어디 갔지…?

어느 날 건조대를 보니
생리컵이 사라져버렸다.

하루 종일 찾아봐도 없어 멘붕하다가

비싸게 주고
산 건데!

혹시 몰라 도우미 이모님께
다른 곳에 두셨는지 여쭤보았다.

이모님,
제 생리컵 보셨나요?

생리할 때
쓰는 거요!

생리컵을 모르시는 이모님께
생리컵이 어떻게 생겼는지 한참 설명하니

말랑말랑하고
종 모양으로
생긴 거예요.

크기는 아이
주먹만 하고···

놀라운 답이 돌아왔다.

아~ 그거 애기
장난감인 줄 알고
장난감 통에 넣어놨는디요.

네?!

장난감처럼
생기긴 했지ㅋㅋ

그러고 보니 두 딸이 생리컵을 하나씩 들고
소꿉놀이를 하고 있는 게 아닌가!

짠!

당황해서 얼른 빼앗았더니 울어버렸다.

우리 딸들이 컸을 때는 더 좋은 생리 용품이 나와서
모든 여성이 생리통으로부터 자유로웠으면 좋겠다.

## 생리통 완화에 좋은 음식, 운동

### 생리통 완화에 좋은 음식

생리통을 줄이고 싶다면 몸을 따뜻하게 하고 알맞은 진통제를 먹는 것이 제일이지만, 잘못된 식습관 또한 생리통에 영향을 주므로 평소 생리통 완화에 좋은 음식들을 꾸준히 섭취하고 식습관을 개선하는 것도 한 방법이다.

○ **쑥**

따뜻한 성질을 가지고 있어 몸을 데워주고 피를 맑게 해준다. 쑥을 먹으면 빠져나와야 할 생리혈이 못 빠져나온다고 알고 있는 경우가 많은데, 이는 잘못된 상식이다.

○ **생강**

몸을 따뜻하게 하고 면역력을 높여주어 염증 제거에도 탁월하다. 생리통에 종종 동반되는 메스꺼움, 더부룩함에도 효과가 있다. 보통 차로 많이 마신다.

○ **바나나**

비타민B군이 풍부해 PMS 예방에도 좋다. 잘 익은 바나나에는 통증을 줄여주는 칼슘이 다량 함유되어 있다.

○ **시금치, 케일**

생리 중에는 철분 수치가 낮아지는데, 이 때문에도 통증이 유발될 수 있으므로 철분이 풍부한 채소를 섭취해 보충하는 것이 좋다. 시금치의 경우 통증을 줄여주는 비타민B와 E, 마그네슘도 많이 들어 있다.

○ **생선, 호두, 치아씨드**

오메가-3 지방산이 많이 들어간 음식을 섭취하면 염증과 통증을 유발하는 오메가-6 지방산이 느리게 형성되어 통증 완화에 도움이 된다. 오메가-3에는 피를 맑게 해주는 효과도 있다.

## 생리통 완화에 좋은 운동

적당한 운동은 생리통뿐만 아니라 복부 불편감과 감정 기복 또한 줄여준다. 다만 평소보다 강도와 시간을 줄여 몸에 무리가 가지 않도록 해야 하며, 움직이기 힘들 정도로 생리통이 심하다면 진통제를 먹고 푹 쉬는 편이 낫다.

### ○ 걷기, 수영

몸에 부담이 많이 가지 않고 충격이 적은 유산소 운동은 통증을 줄이는 데 좋다.

### ○ 달리기

진통 작용을 하는 엔도르핀 호르몬이 분비되어 이유 없는 불안감과 생리통으로 인한 스트레스, 두통 등의 통증을 줄여준다.

### ○ 가벼운 근력 운동

하복부가 강화되는 코어 운동은 자궁으로의 혈액 순환을 원활하게 해 통증을 줄인다. 스쿼트, 런지, 플랭크 등 간단하게 할 수 있는 맨몸 운동을 추천한다.

### ○ 요가, 필라테스 등 스트레칭

신체 균형을 잡는 데 도움을 주며, 심장 박동 수가 올라가고 몸이 이완되어 통증이 줄어들고 정신이 차분해진다. 특히 요가의 경우 꾸준히 하면 자궁 주변 장기에도 좋은 영향을 미친다.

# 생리 때문에 이런 짓까지 해봤다 1

생리 때문에 회사 가기가 너~~~무 싫은 거야.
그래서 오늘부로 퇴사하겠다고 문자 보냄ㅎ
백수 개꿀~

회사
그냥 때려쳐ㅅㅂ

갑자기 머리카락이 거슬리길래
바로 주방 가위 가지고 단발로 잘라 버림.
내가 미친X이지…

거슬려!
거슬린다고!!!

생리 터졌는데 집에 생리대가 없는 거야.
빡쳐서 폰으로 생리대 1년 치 결제함.
아직도 개 많이 남음ㅎㅎ

생리대 종류별로 다
사버릴 거야!!!

왜 우린 생리 때만 되면
또라이가 되는 걸까…?

호르몬 문제라고 하자;

# 2부

## 나…
## 사실 생알못이야

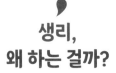

# 생리,
# 왜 하는 걸까?

안녕? 나는 홍벤저스의 생잘알,
차닥이야.

난 차닥,
의사죠.

여러분 중에도 이런 생각하는 생알못들 많지?

생리 도대체
왜 하는 건데!

내가 왜
이 고생을
해야 하는데!

검색해봐도 무슨 소린지 감이 잘 안 오고 말야.

여자는 2차 성징을 거치며
임신이 가능한 몸으로 성장하게 되는데,
그 증거가 바로 생리야.

좀 더 자세히 이야기해볼까?

정자와 난자는 어떻게 만나요?
이런 거 묻지 마~

여자의 몸에는 자궁이라는 기관이 있는데,
아기를 만드는 데 최적의 기능을 갖춘
슈퍼 자동 집이라고 생각하면 돼.

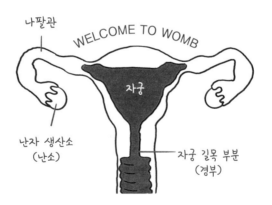

자궁 오토메이션 시스템
자동 취사, 자동 배식
자동 청소, 자동 보온
자동 보안, 위생 철저
(입주 기간: 약 8개월)

난소에서 배란된 난자가 정자와 나팔관에서 만나

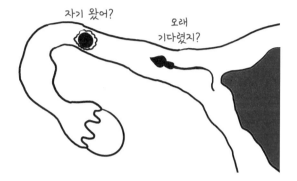

수정란이 되어 자궁에 자리를 잡고
태아로 성장하는 게 임신이지.

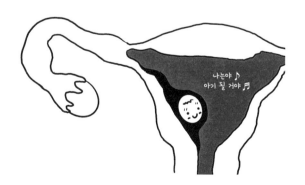

난자가 배란될 즈음 자궁은
수정란을 보호해줄 자궁 내벽을 두텁게 하고

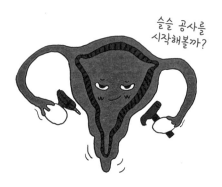

양분을 공급할 다량의 혈액을 분비하는 등
대대적인 인테리어 공사를 하며

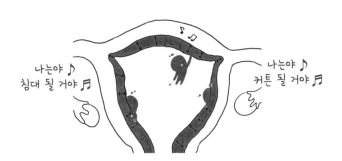

수정란을 기다리는데…

널 위해 준비했어 ♥

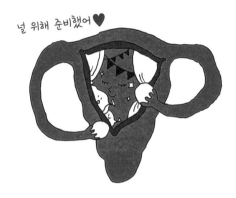

기다려도 수정란이 오지 않으면 인테리어를 다 허물고 말지.
결국 생리란 자궁이 흘리는 피눈물이 아닐까?

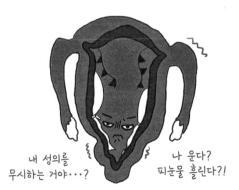

내 성의를
무시하는 거야…?

나 운다?
피눈물 흘린다?!

얘가 울면
내가 나오는 거지!

## 생리통 파헤치기

지긋지긋한 생리통! 생리통은 간단히 말해
자궁이 인테리어를 허물 때 발생하는 통증이야.

임신 안 했잖아!!!
이딴 거 다 부숴버릴 거야!!!!

자궁 혈관 내에 프로스타글란딘이라는 호르몬이
증가하면서 자궁이 강하게 수축해 복통이 오는 거지.

호르몬
호르몬
호르몬

육체적·정신적 스트레스, 자궁 근종,
자궁 내막증 같은 병도 생리통의 원인이 될 수 있어.

그럼 생리통을 줄이려면 어떻게 해야 할까?

잘 때는 골격근의 긴장을 풀어주는
새우잠 자세로 잠을 자면 좋아.

진통제를 복용할 때는
통증이 느껴지기 전에 미리 먹고,

혈액 순환이 원활해지도록 차나 핫팩으로
몸을 따뜻하게 해주는 것도 좋아.

가장 중요한 건 규칙적인 생활 습관!

스스로
건강한 몸 가꾸기!

충분한 휴식과 수면으로 스트레스와
피로가 쌓이지 않도록 관리해야 해.

풀 쉬는 게
자궁에게 이기는 길이지···!

생리, 어차피 해야 한다면
생리통만이라도 확실하게 날려버리자!

# PMS,
# 월경 전 증후군

"저는 생리하기 전이
오히려 더 아프고 짜증나요."

"그러다 생리가 시작되면
언제 그랬냐는 듯이 멀쩡해지죠.
이게 대체 뭔가요?"

생리 전조로 찾아오는 월경 전 증후군, PMS.
몇몇 여성들은 생리통보다 더 심하게 겪기도 한다.

저는 생리통은 없는데
PMS만 있어요.

난 둘 다···

또한 가임기 여성의 75퍼센트는 PMS가 있다.
전 세계 여성 4명 중 3명은 PMS에 시달린다는 소리다!

나만 없어,
PMS?

PMS

보통 생리 시작 일주일 전부터
신체적·정신적 이상 증세가 나타났다가

신체적 증상: 유방 통증, 복부 팽만, 두통, 근육통 등
정신적 증상: 우울감, 불안함, 예민함, 집중력 저하 등

생리가 시작되면 씻은 듯이 사라진다.

나 또 왔어ㅋㅋㅋ

재수 없어···

증상은 4~10일 정도 지속되며,
일상생활이 불가능할 정도로 극심한 고통을 겪는 경우도 있다.

PMS의 가장 큰 원인은 호르몬 변화지만
몸에 필수 영양소가 부족하면 증상이 심해지기도 한다.

PMS가 흔한 만큼 이를 당연하다고
여기고 넘어가는 여성들이 많은데

무조건 참기보다는 스스로 몸에 대해
잘 알려고 노력하는 자세가 필요하다.

내 몸은
내가 지킨다!

PMS를 없애는 가장 좋은 방법은
전문의에게 진료와 처방을 받는 것이다.

병원으로 와~

이때 내 증상을 기록해
미리 파악해두면 좋다.

네 몸을 더 잘
알기 위한 과정이지.

원인을 더 정확하게 찾아낼 수 있기 때문이다.

생리 4일 전부터
가슴이 붓고 아팠고,
오늘은 집중력이 떨어지고
머리가 울려···

감정과 기분을 조절해주는 세로토닌이나
칼슘, 마그네슘이 들어간 음식을 많이 섭취하고

떡볶이가 무지하게 당기지만
참고 몸에 좋은 걸 챙겨 먹자!

충분한 휴식을 취하는 것 또한 필수다.

녹는다아···

잠이 보약!

일상생활에서 가장 중요한 것은 수면 시간을
7시간 이상 확보하는 것이다.

스트레스를 조절하고 규칙적으로
운동하는 것도 좋은 방법이다.

이럴 때일수록 더 운동을 해야 해.

심하게 불안하거나 예민해진다면
알코올과 카페인을 멀리해야 한다.

맥주
일주일 압수!

차닥, 자궁이 취하면
안 아프지 않을까요?

생리 즈음 나타나는 또다른 나를
토닥토닥, 잘 달래주자.

내 기분은 내가 정해.
오늘 나는 '행복'으로 할래.
《이상한 나라의 앨리스》 중

## PMS에 대해 더 알아야 할 것들

### 대표적인 PMS 증상들

호르몬의 변화로 발생하는 PMS는 생리 전 주기성을 가지고 나타났다가 사라지는 심리적·신체적 증상의 복합체라 볼 수 있다. 이유 없이 눈물이 나거나 성격이 급해지는 등 감정 기복이 심해지고 조절도 잘 되지 않으며 우울감, 수면 장애, 식욕 변화가 생기도 한다. 업무나 학업 집중력이 떨어지거나 건망증이 심해지는 경우도 있다. 신체적으로는 복부 팽만감, 유방통이 흔히 생기고 두통이나 관절통, 근육통을 호소하는 사람도 많다. 부종으로 인한 체중 변화도 동반될 수 있으며 이유 없이 기운이 빠지거나 쉽게 피로감을 느낀다.

### PMS를 완화해주는 영양제

#### ◦ 마그네슘

체내 신경 전달 물질이 원활하게 전달될 수 있도록 돕는 기능을 해 대표적인 PMS 증상 중 하나인 신경 과민을 줄이는 데 도움이 된다. 음식으로 섭취하고 싶다면 시금치, 견과류, 바나나, 두유 등을 먹으면 된다.

#### ◦ 감마리놀렌산

달맞이꽃 종자유에 많이 들어 있으며 프로락틴(유즙 분비 자극 호르몬)과 여성 호르몬에 대한 반응을 줄여 몸이 붓지 않도록 돕는다.

#### ◦ 비타민B

에스트로겐 대사를 촉진시켜 호르몬 균형을 되찾는 데 도움을 준다. '행복 호르몬'이라고도 불리는 세로토닌을 합성하는 기능이 있는 비타민B6(피리독신)이 포함된 제품을 고르자.

◦ 비타민E

호르몬의 균형을 잡아줘 불안과 우울감을 줄이는 데 도움이 된다. 생리통을 줄여주는
효과도 있다.

◦ 칼슘

피로로 인한 우울감, 초조함 등에 좋다. 과량 복용하면 위장 장애가 올 수 있으므로 하
루 권장량을 잘 지켜야 한다. 음식으로 섭취하고 싶다면 치즈, 멸치, 우유 등을 먹으면
된다.

* 이런 영양제들은 내분비 대사에 일부 영향을 주지만 모든 PMS 증상을 크게 완화시켜주지는
못하므로 이에 의존하기보다는 기본적인 건강 관리를 최우선으로 생각해야 한다.

## PMS를 완화해주는 약

PMS 치료법은 호르몬 치료와 증상에 따른 대증 치료 두 가지로 나뉜다. 부종 완화를
위한 이뇨제, 통증을 다스리기 위한 소염 진통제를 우선적으로 사용하고 증상에 따라
항우울제 및 진정제를 처방할 수도 있다. 호르몬 치료로는 피임약, 프로게스테론 제제
를 고려한다.

◦ 아세트아미노펜·파마브롬 복합체 약제

통증에 효과가 있으며 파마브롬 성분이 이뇨 작용을 해 붓기를 줄여준다. 생리 시작
5~6일 전부터 복용하면 더 큰 효과를 볼 수 있다.

◦ 아그누스카스투스 열매 추출물 함유 약제

호르몬 균형을 유지해 우울, 짜증, 불안, 가슴 통증 등을 완화시킨다. 3개월 이상 복용
해야 큰 효과를 볼 수 있는 약도 있으니 구입 시 복용 기간을 확인하도록 하자.

# 해도 문제, 안 하면 더 문제!
## 생리 불순

한 달에 한 번씩 찾아와
우리를 괴롭히는 생리.

생리통이 심할 때면 차라리
생리를 안 하고 싶다는 생각이 들지만

막상 할 때가 됐는데 하지 않으면
생리하는 것만큼이나 스트레스를 받게 된다.

생리 불순이란 말 그대로
주기가 정상적이지 않은 '불규칙한 생리'를 뜻한다.

생리 양이
갑자기 많아지거나 적어질 수도 있다.

초경을 한 지 얼마 되지 않았다면
불규칙한 주기가 크게 문제되지 않지만,

성인이 되어서도 계속 그렇다면
진료를 받아보아야 한다.

생리 불순은 대부분 난소 기능 저하나
뇌하수체 호르몬 분비 이상 때문에 생긴다.

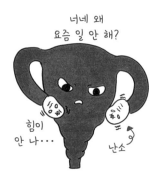

자랄 기운이···
없다···

난소 기능 저하의 경우
난소에서 난포가
제대로 자라지 못해 배란이 지연되고

난포

난소 조직에 있는 주머니 모양의 세포 집합체로
난자를 포함하고 있으며 배란 후 황체로 변화함

왜 평소만큼
안 나오는 거야ㅠㅠ

여성 호르몬이 제대로
분비되지 않는 것이 문제다.

이 때문에 가끔 인터넷에서 생리 불순을 해결해준다며
여성 호르몬 보충제를 홍보하는 광고가 보이는데

이런 게 있어?

외부에서 들어오는 호르몬이
난소 기능을 대신해주는 것이 아닌

**보충제 필요 없어!**

뇌하수체 호르몬의 자극을 통해
난소가 스스로 호르몬을 분비하도록 해야 하므로
이런 광고에 현혹되지 말자.

다이어트로 인해
생리 불순이 찾아오기도 하므로
과도한 다이어트는 금물이다.

생리 불순을 방치하면 난임으로 이어질 수도 있기에
초기에 병원에 가서 치료를 받는 것이 가장 중요하다.

석류, 쑥, 생강, 브로콜리 등
생리 불순에 좋은 음식도 꼬박꼬박 챙겨 먹자!

# 생리, 너란 녀석

고등학생 때의 이야기다.
예상치 못한 생리였지만 오히려 기분이 좋았다.

귀여운 것ㅎㅎ

원래 주기대로라면 생리가 수학여행과 겹쳤을 텐데,
무려 5일이나 먼저 시작되었기 때문이다.
그래서 생리통마저도 감사히 생각할 수 있었다.

놔라!

일찍 와줘서
고마워, 홍이야♥

하지만 눈치 없는 생리는 수학여행 전날까지도
양이 줄어들 기미가 보이지 않았다.

생 리 가 안 끝 나 !

뭔가 잘못한 게 있었나 싶을 정도로
수학여행 내내 생리는 계속되었다.

왜 안 가는데?

네가 더
잘 알잖아?

심지어 그 후로도 한 달 동안
끝나지 않는 생리에 시달렸다.

밤에 맨날
치킨 먹고!

안 하던 공부
하느라 스트레스 받고!

툭하면
밤새서 헤롱대고!

···그럴 만했네ㅎㅎ;

그래놓고
멀쩡하길 바라냐?

# 넌 주기가 다 있구나!

참으로 시의적절하다!

# 여성 건강의 바로미터, 생리 주기

## 정상적인 생리 주기의 중요성

생리는 보통 만 12~17세에 시작해 50세 전후에 끝나며, 기간은 평균 3~7일, 주기는 21~35일 정도이다.

생리 주기가 일정하다면 우리 몸이 정상적으로 작동하고 있다는 의미다. 반대로 초경을 시작한 지 2년 이상 됐는데도 주기가 불규칙하다면 무언가 문제가 있다고 몸이 신호를 보내고 있는 것이다.

불규칙한 생리 주기는 생리 불순, 무월경 등으로 분류되며 방치하면 난임, 불임의 원인이 될 수 있고 자궁 관련 질환들 또한 발생할 수 있으므로 꼭 산부인과에 방문해 원인이 무엇인지 확인해봐야 한다.

정상적인 생리 주기는 배란이 제대로 되고 있는지 등 자궁에 문제가 없음을 확인하는 기준이기도 하기에 언제나 생리 주기가 정상 범주에 들도록 신경 쓰자.

## 생리 불순의 기준과 원인

생리 양이 과하게 많거나, 너무 적거나, 생리 주기가 35일 이상(희발 월경)이거나 생리 주기가 21일보다 짧을 때(빈발 월경) 모두 생리 불순에 속한다. 의학계에서는 무배란 혹은 희소 배란에 의해 나타날 수 있는 증상으로 보고 있다.

생리 불순의 원인으로는 스트레스, 수면 시간 부족, 무리한 다이어트 등이 있으며 피임약 복용 시에도 생길 수 있다. 다낭성 난소 증후군, 갑상선 기능 항진증·저하증, 골반이나 생식기에 생긴 종양 때문에 생리 불순이 오기도 한다.

이 중 다낭성 난소 증후군은 발병률이 가임기 여성의 5~10퍼센트나 될 정도로 흔하므로 증상이 없더라도 정기적인 검진을 통해 자궁의 상태를 확인해봐야 한다. 또한 지질 대사 이상, 내당능 장애를 동반하는 경우가 많아 심혈관 질환이나 당뇨병 발생에 영향을 줄 수 있고 호르몬 불균형으로 인해 자궁 내막 증식증, 자궁 내막암에 걸릴 확률이 높아질 수 있으므로 조기 파악이 무엇보다 중요하다.

## 난소 기능 검사

보통 난소의 기능은 만 35세 이후부터 떨어지기 시작하지만, 반드시 그런 것은 아니다. 과로나 스트레스, 음주, 흡연, 불규칙한 수면 등 후천적 요인도 크게 작용한다. 이는 반대로 평소 건강 관리를 잘하면 난소 기능이 저하되는 속도를 늦출 수 있다는 의미이기도 하다.

난소는 배란이 이루어지는 곳이자 여성 호르몬이 분비되는 기관으로, 여성 건강에 있어 중요한 부분을 차지한다. 난소 기능이 떨어지면 회복하기가 쉽지 않으므로 정기적인 난소 기능 검사를 통해 내 몸의 난소가 얼마나 건강한지 파악해둘 필요가 있다.

난소 기능 검사의 종류는 다양한데, AMHAnti-Mullerian Hormone 검사, 즉 항뮬러관 호르몬 검사법이 최근 가장 많이 사용되고 있다. 생리 주기와 상관없이 간단한 채혈을 통해 수치를 파악할 수 있는 항뮬러관 호르몬은 난포에서 분비되며, 난소의 예비능(나이)을 가늠할 수 있는 비교적 정확하고 객관적인 지표다. 하지만 난소 기능 이상으로 볼 수 있는 다낭성 난소 증후군에서 수치가 증가하고, 완경이 임박했을 때도 정확한 예측이 불가능하므로 해석 시 임상 양상을 고려하고 초음파 등을 병행하는 것이 좋다.

# 우리 딸
# 초경이 너무 빨라요

"이제 막 초등학교에 입학한
딸을 키우고 있는 워킹맘이에요."

"입학식에 가 보니 딸이 또래 아이들보다 키도 크고 성숙해서
단순히 우리 아이가 성장이 빠르다고 생각했는데,"

"얼마 지나지 않아 생리가 시작됐더라고요."

엄마···
팬티에 피가
묻어 있어···

괜찮아, 괜찮아.

이런 경우 성조숙증을 의심해봐야 해요!

성조숙증이란 또래보다
2차 성징이 일찍 나타나는 것으로

만 8세 이전의 아이에게 여드름이 나거나
가슴 몽우리가 잡히기도 하고,

질 분비물이 나오거나 냉의 양이
늘거나 색이 변하기도 해요.
이는 대표적인 초경 전 증상입니다.

남들보다 일찍 크는 것일 뿐이라고
생각할 수 있지만, 치료가 중요한 질병이에요.

성조숙증은 신장 증가 속도가 일시적으로 빠르지만

우리 딸이 반에서
키가 제일 크더라니까?

조금 지나면 성장판의 수명이 다하며
성장이 오히려 빨리 멈추게 됩니다.

엄마,
나 우리 반에서
제일 작아ㅠㅠ

남들보다 빨리 발달한 신체를 부끄러워하는 등
심리적인 문제 때문에 학교생활에
잘 적응하지 못하는 경우도 있어요.

성조숙증의
주 원인은 소아 비만과

자극적인 사진이나 영상에 대한
무분별한 노출입니다.

어린아이가 성적 자극을
자주 받으면 뇌 신경이 자극돼
호르몬 분비에 영향이 가기 때문이에요.

규칙적인 운동과 균형 잡힌 식사
그리고 스트레스를 줄이려는 노력 등으로
성조숙증을 예방할 수 있어요.

내 아이의 미래 건강,
미리미리 지킵시다!

# 초경과 여동생

중학교 3학년 때 일이다.
그날따라 왠지 몸이 이상했다.

영 몸 상태가
별로네.

잠시 후, 갑자기 평소에 느껴보지 못한
불쾌한 느낌이 들었다.

이게 대체 뭔지 확인하려고
화장실로 곧장 달려간 나는

난생처음 생리혈과 마주했고,
무척 당황스러웠다.

이게 뭐야···?

그때 나보다 1년 먼저 생리를
시작한 여동생이 생각났다.

나는 초딩 때부터
생리를 했지.

동생아,
잠깐만
와줄래···?

조심스럽게 동생에게
생리가 시작된 것 같다고 말했다.

동생은 나에게 생리대가 있는 곳,
생리대 착용법, 버리는 법 등을 차근차근 알려줬다.

생리대는
화장실 앞 창고에 있어.
지금은 이거 쓰고,
속옷은 저쪽에서 빨면 돼.

동생 덕에 나는 초경을 무사히 지나갈 수 있었다.
생리에는 언니 동생이 따로 없다.
자매이기 전에 같은 여자니까!

내 동생 너무 멋져!

언니한테
별걸 다
가르쳐주네···

# 넌 내게 목욕감을 줬어

아, 찝찝해.

# 초경 대처법 A to Z

모든 여성이 잊지 못하는 날 중 하나는 초경이 시작된 날일 것이다. 수업 시간에, 하교 하다가, 집에서 자다가, 친구들과 놀다가. 시작된 장소와 날짜는 다르겠지만 다들 당황스러웠을 것이다. 생리인 줄 모르고 '죽을 병에 걸렸나?' '이제 죽는 건가?'라는 생각에 무서웠다는 사람도 많다. 생리인 건 알았지만 처리 방법도, 부모님에게 어떻게 이야기해야 할지도 몰라 쭈뼛대다 겨우 해결할 수 있었다는 여성들도 있다.

여자아이를 키우는 부모들은 이러한 자신의(혹은 배우자의) 경험 때문에라도 초경에 대해 공부해야 한다. 내 아이가 초경을 시작했을 때 침착하게 대처할 수 있도록, 아이 스스로도 놀라지 않도록 말이다.
물론 남자아이에게도 초경에 대해 알려주어야 한다. 여자아이들의 생리대를 빼앗거나 생리를 제대로 처리하지 못했다며 놀리는 등의 성희롱을 방지하기 위해서다.

초경은 보통 2차 성징이 나타난 지 2년 정도 후인 만 10~12세경 시작되며, 조금 빨리 혹은 늦게 올 수 있다. 다만 만 8세 이전에 초경이 시작됐다면 성조숙증이 의심되므로 병원에 가서 검사해 볼 필요가 있다.

아이가 초경을 시작하기 전, 질에서 분비물이 나오면 곧 초경을 할 수 있다는 것을 인식시켜두면 좋다. 보통 분비물이 나오게 된 후 16~18개월이 지나면 초경을 한다. 그러니 2차 성징이 시작되면 초경이란 무엇인지와 함께 생리대 사용법을 알려주며 생리대를 챙겨주도록 하자.
미리 설명해주었다고 해도 실제로 피를 보면 아이들은 당황할 수밖에 없다. 이때 같이 허둥대지 않도록 하자. 특히 아빠들은 아이보다 더 놀라거나 엄마가 알려줄 거라며 자리를 피하기도 하는데, 내 아이의 삶에 있어 큰 변화가 온 것이니 미리 마음의 준비를 하고 어떻게 대처하면 좋을지 시뮬레이션을 해보는 등 스스로 공부해야 한다.

유럽권에서는 생리 파티가 보편적인 문화로 자리 잡았다. 생리 파티는 가족들이 초경을 시작한 아이에게 케이크, 꽃다발과 함께 생리대를 선물로 주며 초경을 축하해주는 것으로, 요즘은 우리나라에서도 하는 경우가 많다.

생리 파티를 열기 전 아이의 성향을 생각해 성대하게 축하해줄지, 조용히 생리대와 축하의 말을 건넬지를 고민해보아야 하며 이때 "여자가 되었다" 등의 말은 피하는 것이 좋다. 이 말을 들으면 아이들은 대부분 '그럼 지금까지는 여자가 아니었다는 건가?'라고 생각하니 말이다.

축하와 함께 생리는 부끄러운 것이 아니라는 것, 생리가 시작된 후의 몸과 감정의 변화, 속옷 청결 유지 등 주의해야 할 점들, 정상적 생리 주기의 중요성 등을 아이의 눈높이에 맞춰 쉽게 설명해주자. 생리가 여성 건강의 한 지표임을 초경 때부터 알려준다면 아이가 생리를 그저 번거로운 것으로만 생각하게 되지는 않을 것이다. 생리 파티를 열어주지 않더라도 이러한 정보는 꼭 알려주도록 하자.

임신이 가능한 몸이 되었으므로 보다 적극적인 성교육 또한 필요하다. 기본적인 성관계 방법과 과정, 성관계 시 주의 사항, 성관계에 따르는 리스크, 피임법, 성폭력 대처방법 등을 설명해주어야 한다. 첫 성관계를 하는 나이가 점점 낮아지고 있는 만큼 더욱 꼼꼼하게 알려주어야 한다. 말로 설명하기가 어렵다면 어린이·청소년 대상 성교육 책을 구매해 생리대와 함께 선물해주는 방법도 괜찮다. 책을 함께 읽으며 설명해준다면 아이가 더 쉽게 받아들일 수 있을 것이다.

# 완경기를 소개합니다

여성이 더 이상 생리를 하지 않고
임신 능력을 상실했을 때를 완경기(갱년기)라고 하는데,

일반적으로 완경이 시작될 때를 기준으로
전후 약 10년의 기간을 일컫는다.

완경이 시작되는 시기는 대개 유전적으로 결정되며,

보통 40대 중후반에 시작돼
점진적으로 진행된다.

완경기 증상으로는 불규칙한 생리와 안면 홍조,
땀이 많이 나는 등의 신체적 증상과

우울감, 무기력, 짜증, 화남 등
'갱년기 우울증'으로 대표되는 심리적 증상이 있다.

아무것도
하고 싶지 않아···

몸이
예전 같지 않아···   나한테 주름이
이렇게 많았나···?

갑작스러운 신체 변화로
'예전 같지 않다'는 생각이 들어
우울감이 커지기도 한다.

옆집 민지 엄마도
갱년기라던데···

이러한 증상들을 누구나 겪는 것이라 생각해
대수롭지 않게 여기는 경우가 많은데

완경기를 슬기롭게 지나가려면
전문의에게 진료와 처방을 받는 것이 매우 중요하다.

가족과 주위 사람들의 관심과 배려 또한 필요하며,
무엇보다 스스로 완경을 긍정적으로 생각해야 한다.

완경기면 어때?!
스웨덴의 한 방송인은 완경기를 맞아
누드 사진을 올리면서
"내 몸을 되찾았다"고 했는걸!

완경기, 새로운 삶의 시작이다!

# 학교에서 피 흘릴 권리

나는 학창 시절부터 유독 생리통이 심했다.

그런 나에게 생리 기간 중 체육 수업은
그야말로 공포 그 자체였다.
체육 선생님은 남자 선생님들이
많아서 더 문제였다.

한번은 생리통이 너무 심한 날과 체육 수업이 겹쳤고,
나는 체육복을 입기조차 힘든 상태였다.

선생님···
저 생리통 때문에···
좀 쉬어도 될까요···?

하지만 체육 선생님은
가소롭다는 표정으로 소리치셨다.

무슨 생리통으로 수업을 빠져?
다 정신력 문제라고, 정신력!

생리통 때문에 수업에 빠지려는 걸
반 전체가 다 알게 된 데다
꾀병으로 몰리기까지 하니 눈물이 펑펑 쏟아졌다.

얼굴을 가리고 체육복으로 갈아입으러
교실 밖으로 나가려던 순간!

맨 뒷자리에 있던 한 남자애의 목소리가 들렸다.

선생님!
선생님은 생리가
뭔지 모르세요?

체육 선생님은 어이없어 하며
그 남자애에게 호통을 쳤다.

뭐야?
너, 앞으로 나와!

하지만 그 애는 기죽지 않고 또박또박 말을 이어나갔다.

선생님은 생리해보신 적도 없는데
쟤가 꾀병인지 아닌지 어떻게 아세요?
학생 인권 모르세요?
요즘엔 이런 거 다
교육청에 신고하던데요.

뭐야···?

결국 체육 선생님은 얼굴이 붉어진 채 나를 양호실로 보냈다.

그날 그 남자애는 체육 수업 내내 혼났다고 했지만,
우리 반에서 그 애에게 반하지 않은 여자애는 없었다.

우리나라는 2006년부터 초중고 여학생이
생리 때문에 결석하더라도 출석으로 인정하고 있다.

선생님,
저 생리통이
심해서요···

그래, 집 가서 쉬어.
선생님이 어머님께
연락 드릴게.

생리로 결석했을 때의 성적 인정도
학교 규정에 따라 기준을 정하도록 명시했다.

0점일 줄 알았는데
정말 다행이야.

성적표

피 흘릴 권리, 월경권!

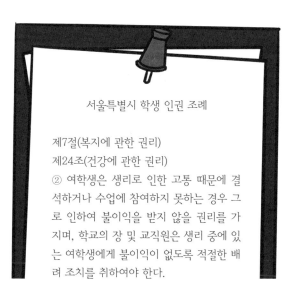

서울특별시 학생 인권 조례

제7절(복지에 관한 권리)
제24조(건강에 관한 권리)
② 여학생은 생리로 인한 고통 때문에 결석하거나 수업에 참여하지 못하는 경우 그로 인하여 불이익을 받지 않을 권리를 가지며, 학교의 장 및 교직원은 생리 중에 있는 여학생에게 불이익이 없도록 적절한 배려 조치를 취하여야 한다.

설마 생리를 핑계로
학교 땡땡이치는 사람은 없겠지?
월경권을 악용하지 말 것!

# 직장에서 피 흘릴 권리

"아침에 눈을 뜨자마자
불길하고 찝찝한 느낌이 들었어요."

"어김없이 생리가 찾아왔더라고요."

작작 오라고···

"지각할까 봐 이불 빨래도 못하고
부랴부랴 나왔어요."

응...
출근해야 돼.

안 치우고
가려고?

"하지만 생리통이라는
더 큰 시련이 남아 있었죠."

"출근길에
진통제를 사 먹긴 했는데"

"생리통을 제압하기엔 역시나 역부족이었어요."

이렇게 아픈데
일을 어떻게 해···

강제 월급
루팡하겠네ㅋㅋㅋ

"화장실에서 변기를 붙잡고
남몰래 사투를 벌이다"

죽었니, 살았니?

"눈치가 보여 컴퓨터 앞에서
몸을 비틀며 버틴 지 어느덧 2시간···"

이 상태로 7시간 더
버틸 수 있을까···?

"뒤에서 누군가
제 어깨를 툭툭 두드렸어요."

자연 씨,
혹시 생리해?

"돌아보니 깐깐하기로
유명한 팀장님이 서 계셨어요."

"업무에 집중하지 못하는 모습을 들켰다는
생각에 곧바로 죄송하다고 했죠."

네, 죄송합니다.
진통제 한 알 더 먹고
다시 집중해서 업무 보겠습니다.

"하지만 제 예상과 달리 팀장님은
따뜻한 미소를 지으며 이렇게 말씀하셨어요."

아니야.
생리 휴가, 이럴 때
쓰라고 있는 거잖아.

"저는 팀장님 덕분에
오전 근무만 하고 퇴근할 수 있었답니다."

응. 집 가서
한숨 자.

감사합니다,
팀장님!

우리나라 근로 기준법 제73조에는
다음과 같은 내용이 명시되어 있다.

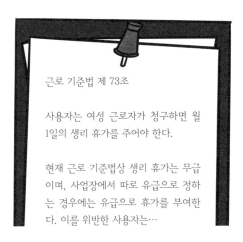

근로 기준법 제 73조

사용자는 여성 근로자가 청구하면 월
1일의 생리 휴가를 주어야 한다.

현재 근로 기준법상 생리 휴가는 무급
이며, 사업장에서 따로 유급으로 정하
는 경우에는 유급으로 휴가를 부여한
다. 이를 위반한 사용자는…

여성의 건강을 보호함과 동시에 작업 능률 저하를 막고,
다음 세대 국민의 건강을 확보하기 위해 만들어진 법이다.

생리통 때문에
집중이 안 돼…

생리 휴가는 근로 시간, 직종, 개근 여부와
상관없이 임시직·시간제 근로자 등을 포함한
모든 여성 근로자에게 주어진다.

우리도
생리 휴가 쓸 수 있다!

그러나…

Q. 생리 휴가를 사용해본 적이 있나요?

사용해보지 못했다 84%

Q. 생리 휴가를 사용하지 못한 이유는 무엇인가요?

직장 동료 혹은
상사의 눈치가 보여서 37%

주변에 생리 휴가를
쓰는 사람이 없어서 34%

Q. 생리 휴가 신청을 반려당했다면 어떤 이유 때문이었나요?

대체 인력이
없어서 20%

조직 내 제도가 없어서 12%

일이 바쁘다는 이유로 11%

아직은 이것이 현실이다.

심지어 생리 중인 것을
증명해보라고 요구하는
회사도 있는데,

이제부터는 직장에서도
당당하게 피 흘리자!

법원은 "생리 중이 아니라는
사실이 입증되지 않았다면 생리 휴가를
쓸 수 있다"고 판결한 바 있다.

# Yes or No:
## 생리할 때 목욕하기

그 어느 때보다 찝찝함이 느껴지는 생리.

불쾌

하지만 씻는 도중 흐르는 피를 보게 되는 게 불쾌해서,
생리통 때문에 움직이기 힘들어서
생리 중 샤워를 미루는 어린 친구들이 많다.

생리할 때 샤워나 목욕을 하면
몸에 안 좋다는 말도 있다.

생리할 때
씻으면 안 좋대서
못 씻은 지
3일이나 됐어···

왜 이렇게
꼬질한가 했더니···

씻어?        말아?

과연 생리할 때
샤워해도 될까?

냉새 나!
빨리 가서 씻어!

오키···

정답은
당연히 해도 된다!

생리 중에 잘 씻지 않으면
오히려 각종 문제가 발생한다.

몸에서 냄새가 나 주변에 피해를 주는 것은 물론이고

우리의 질 건강에도 적신호가 켜진다.
생리 중에는 질의 성결을 유지하는 것이 중요한데

생리대를 차고 있으면
밀폐된 환경 때문에 외음부가 습해진다.

눅눅하고
축축해···

그래서 제때 씻어주지 않으면
세균 번식에 아주 좋은 환경이 되어버리고 만다.

집에서 하는 목욕도 물론 OK!
따뜻한 물로 체온을 높이면
생리통 완화와 혈액 순환에 도움이 된다.

단, 탐폰이나 생리컵을 꼭 착용하고 해야 한다.

생리 기간 중 자궁 경부는 평소보다
더 느슨해져 폭이 넓어지기 때문에

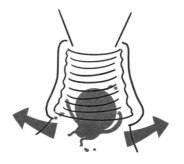

자궁으로 세균이 유입될 가능성이 커진다.

따라서 목욕할 때는 되도록 짧게 하고,
이왕이면 생리가 끝나고 더 편안하게 하도록 하자.

그리고 가장 중요한 건…

생리 중에는 질의 pH 균형이
깨지지 않도록 신경을 써야 한다!

pH 균형?

이는 별도로 청결제 등의 관리 제품을
사용할 필요가 없다는 말이다.

질      비누, 클렌저

약산성      대부분 염기성

청결제로 음부를 닦으면 상쾌한 기분이 들어
일부러 전용 청결제를 사서 쓰는 사람들도 있는데,

청결제나 비누를 사용해 질 부근을 닦으면
오히려 박테리아의 종류가 바뀌어 pH 균형이 깨져 버린다.

흐르는 물로만 잘 닦아
pH 균형이 유지되도록 하는 것이 올바른 방법이다.
알았다면 오늘부터 바로 실천할 것!

# Yes or NO:
# 생리할 때 초콜릿 먹기

생리 때만 되면 달달한 초콜릿이 당긴다고?
여기에는 과학적인 이유가 있다.

생리 기간 초반에는 호르몬 변화 때문에
혈내 인슐린 수치가 올라간다.

높아진 인슐린 수치는 저혈당을 촉진한다.
그래서 단 음식의 대표인 초콜릿이 생각나게 되는 것이다.

초콜릿 등의 고탄수·고지방 음식은
세로토닌과 엔도르핀 수치를 올리고
불안과 우울감을 낮춰준다.

그럼 생리할 때 초콜릿을 먹어도 될까?

그렇지 않다. 여러 산부인과 전문의들은
초콜릿이 생리통을 심하게 만든다고 말한다.

바로 초콜릿에 들어 있는 카페인 때문이다.

초콜릿 1개당 카페인 함유량 약 17.5밀리그램

카페인은 혈관을 수축시켜
자궁으로 들어가는 혈류를 줄어들게 만든다.

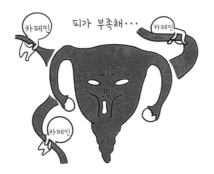

그러나 생리 때 먹으면
좋은 음식을 추천하는 글에는
으레 초콜릿이 포함되어 있다.

그래서 초콜릿,
생리할 때 먹어도 된다는 거야, 안 된다는 거야?

결론부터 이야기하자면
마그네슘이 함유된 다크초콜릿만 도움이 된다!

마그네슘은 숙면, 걷기, 체온 조절 등
우리 몸의 기능이 원활하게 이뤄지도록 도와준다.

이건 마그네슘이
안 들어 있네···

하지만 우리가 쉽게 접할 수 있는 다크초콜릿에는
대부분 마그네슘이 포함되어 있지 않으므로,
꼭 초콜릿이 먹고 싶다면 마그네슘이 들어가 있는지
확인하고 구매하도록 하자.

# 생리는 옮는다?

"고등학교 때 야자를 하느라 친구들과
오랜 시간 붙어 있어야 했을 때의 이야기예요."

"당시 저희 사이에 돌던 미신이 하나 있었는데,
바로 생리 동기화 설이었습니다."

너 그거 알아?

"생리 중인 친구와 함께 있으면"

나 생리 시작···

쿄 잘
씻고 다녀.

"코로 여성 호르몬이 전염(?)되기 때문에
코를 깨끗이 씻지 않으면 생리가 옮는다는 거였어요."

"이게 진짜인가 싶어 친구들과 검색을 해보기도 했죠."

포털 사이트에
물어보자!

생리 중인 사람과 함께 있으면
생리가 옮는다는 속설, 과연 진짜일까?

내일 여행 가는데
너한테 생리 옮았어!

정답은 우연의 일치일 뿐!
사실이 아니다.

아니라잖아~

생리 동기화 설은
과학적 근거가 부족할 뿐만 아니라

진짜 자료가
하나도 없네?

영국에서 실험해본 결과, 함께 생활하면
오히려 생리 주기 격차가 더 벌어졌다고 한다.

우리가
실험도 해봤어.
뻥이야.

이런 속설은 왜 생겨났을까?

왜 난 지금까지
믿고 있었지?

대부분의 학자들은
심리적인 요인이 가장 크다고 말한다.

비슷한 시기에 생리를 하는 것이 서로가 특별한 관계임을
증명하는 표식처럼 생각돼 유대감을 준다는 것이다.

단짝 아니랄까 봐
생리도 같이 하네!

그러니 더는 생리하는 친구를
멀리하지 말자!

오해해서
미안···

이제 와서?

# 생리 중 다이어트, 효과 없다고?

생리 중이지만
다이어트는 멈출 수 없다!

생리 중엔
다이어트해봤자
의미 없어!

뭐···?

생리 중에는
다이어트 효과가 없다는 이야기,
많이 들어봤을 거야.

생리 중 몸무게가 늘어나는 경험을 한 사람들이
많아서 이런 말이 생겨났지.

사실 생리와 체중 변화 사이에 직접적인 관계는 없어.

PMS의 영향으로
우리는 생리 때 음식이 마구 먹고 싶어져.

게다가 고지방·고탄수화물 음식이 유독 당기는 탓에
평소보다 더 많은 칼로리를 섭취하게 돼.

또 PMS 때문에 일시적으로
몸이 부어 살이 찐 것 같은 느낌이 들지.

하지만 이때 늘어난 체중은 일시적인 거야!

생리로 인한 호르몬 변화가 다시 생리 전 상태로
돌아가면 체중 역시 원래대로 돌아가니 걱정할 필요 없어.

생리 중 체중 증가를 막을 수 있는 방법도 있어!

고칼로리·고지방 음식을 참고,
각종 영양소가 풍부한 음식을 먹으면 돼.

소고기, 시금치, 달걀 등
철분이 많이 함유된 식단도 좋아.

물을 많이 마시면
독소 배출에 좋으니
물 마시는 습관도 길러 봐.

그러면서 다이어트 루틴을
계속 지키면 돼!

생리 전후에 몸이 무거워져
생리 기간 동안 운동 쉰 적도 많지?

한 연구에 따르면 생리 전 일주일간은
운동에 따른 칼로리 소모율이 10퍼센트나 늘어난다고 해.

10퍼센트나?

그럼 당장
운동해야지!

아예 생리 전용
다이어트 스케줄을 짜자!

생리 기간을 잘 활용하면
더 큰 다이어트 효과를
볼 수 있다는 말이지.

이때가 바로 다이어트 황금기!
이번 생리 기간에 한 번 도전해봐~

# 생리 때문에 이런 짓까지 해봤다 2

과제하다 현타 와서
자퇴하고 재수학원 등록함.
더 좋은 대학교 붙어서 다행이지 ㅈ 될 뻔ㅋㅋㅋ

자퇴해버려!!!

폰으로 게임하다
계속 져서 폰 벽에 던져 버림.
호르몬 진짜 개 무섭다…

사이 안 좋던 애가
옆에 지나가는 게 너무 싫어서 비명 지름;
인성 파탄 났었음… 반성한다…

3부

# 사회야,
# 함께 생리하자

# 생리대의 역사

조선시대에는 생리 때 천이나 수건으로 된
개짐을 몸에 차고 생활했다.

그 후 세계적으로
일회용 생리대가 등장하기 시작했는데

1차 세계 대전 당시 붕대 대용으로
사용하던 셀루토론이라는 펄프를
간호사들이 생리대로 사용한 것이 시초다.

붕대가 부족해!

이걸 생리대로
쓰면 되겠다!

한국 최초의 일회용 생리대인 '코텍스'는
양 옆에 끈이 달려 묶어서 사용하는 방식이었다.

묶는 생리대라니
신기하네.

찍찍이 있는
생리대 등장!

그 후 지금과 같은
접착식 생리대
'뉴 후리덤'이 개발되었다.

하지만 뉴 후리덤은 두께가 2센티미터나 되고
흡수력마저 떨어져 생리혈이 새기 일쑤였다고 한다.

있으면 뭐해?  다 새는데···

이를 해결하기 위해 날개가 있는 생리대가 출시되었고,
흡수체를 넣어 두께는 얇고 흡수력은 좋아진 생리대도 나왔다.

생리대에
날개가 생기니까
생리가 덜 새!

선생님,
생리대 살
돈이 없어요···

생리대는 발전하고 있지만,
이를 살 돈이 없어 신발 깔창을 사용하는
아이들의 이야기가 사회를 충격에 빠뜨렸다.

이 카드로
생리대 사면 돼~

감사합니다!

이런 아이들을 위해
여성가족부와 여러 공공기관에서
생리대 구매 비용을 지원하고 있다*.

*164페이지 참조.

또 생리대 유해 물질 논란으로 믿고 쓰던
생리대에 배신당한 많은 여성들이 불안해하기도 했다.

나 저 생리대
쓰는데···?

이때 천연 생리대로 주목받아 인기를 끌었던
한 브랜드가 화학 접착제를 쓴다는 것이 뒤늦게 밝혀져
여성들은 또다시 배신감에 휩싸였다.

화학 성분 하나도
안 들어갔다며!
믿고 썼는데 장난해?

소비자 기만!

불매!

허위·과대 광고
OUT!

이 논란은 여성들이 탐폰, 면 생리대, 생리컵 등
다양한 생리 용품을 써보는 계기가 되었다.

선택권이
넓어졌어!

바람 잘 날 없는 생리대를 둘러싼 이야기들.
그래도 새롭고 안전한 생리 용품들이 또 나올 것이다.

여자들의 피의 연대기는
계속될 테니까!

## 국내 생리대 지원 사업

현재 여성가족부는 보건복지부와 협력하여 저소득층 여성 청소년이 일상의 불편함 없이 건강하게 성장할 수 있도록 생리대 바우처(구매권) 지원 사업을 펼치고 있다. 거주지 주민 센터에 본인이나 주 양육자(부모님 등)가 한 번만 신청하면 만 18세까지 계속 지원되니 적극 활용하자.

◦ **지원 대상**

만 11~18세 여성 청소년(2021년 기준 2003년생부터 2010년생까지)

◦ **자격 기준**

국민 기초 생활 보장법에 따른 생계 의료 주거 교육 급여 수급자
국민 기초 생활 보장법에 따른 법정 차상위 계층
한부모 가족 지원법 제5조 및 제5조의2에 따른 지원 대상자

◦ **지원 내용**

생리대를 구입할 수 있는 구매권을 포인트 형식으로 지원(월 1만 1500원, 연 최대 13만 8000원)

◦ **신청권자**

청소년 본인 또는 주 양육자(만 14세 미만 청소년의 경우 보호자 동의 필요)

◦ **신청 방법**

방문: 청소년의 주민 등록 주소지 관할 동 주민 센터 및 읍·면 사무소
대리인 신청: 신분증, 주 양육자임을 확인할 수 있는 서류 필수 지참
온라인: 복지로 홈페이지(http://www.bokjiro.go.kr), 복지로 어플

## ◦ 사용 방법

신청인 또는 청소년 본인 명의의 국민 행복 카드를 발급받아 카드사별 가맹점에서 판매하는 생리 용품(일회용 생리대, 탐폰, 생리컵, 면 생리대) 구매

## ◦ 기타

자격에 변동이 생기지 않는 한 만 18세가 되는 해당 연도 말까지 계속 지원되므로 기존 신청자는 재신청할 필요 없음

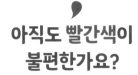

# 아직도 빨간색이
# 불편한가요?

생리혈은 파란색일까, 빨간색일까?

당연히
빨간색이지!

하지만 지금까지 생리대 광고에서
생리혈은 파란색으로만 등장했다.

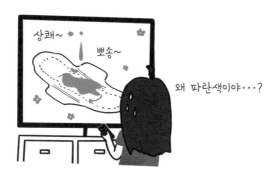

핏빛이 주는 거부감 때문에
파란색 액체를 사용해온 것이다.

이 때문에 실제로 일부 남자들이 생리혈이
파란색이라고 오해하고 있기도 하다.

생리, 월경이라는 단어도
'마법' '그날' '빨간 날' 등으로
돌려 표현하는 경우가 많다.

아직 생리를 부끄럽고 숨겨야 하는 것으로
생각하는 여성 또한 많다.

하지만 점차 여성들이 생리를 있는 그대로 표현하고
당당하게 이야기하기 시작했다.

이후 국내에서도
빨간색으로 생리혈을 표현하는
생리 용품 광고들이 등장했다.

광고 메시지도 달라졌다.
현실적인 이야기를 풀어내는
광고들이 등장한 것이다.

타인 위주의 생리 에티켓보다
자기 몸의 위생과 안전을
우선시하는 분위기 또한 형성됐다.

생리대 들고 화장실 가는 게
민망하긴 하지만
부끄러워 할 일이 아니니까!

생리는 더 이상 숨겨야 할 비밀이 아닌,
그저 자연스러운 생리 현상 중 하나다.
우리는 모두 생리를 통해 태어났으니까!

# 페미니즘과 생리 그리고 생밍아웃

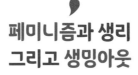

페미니스트 대통령이
되겠습니다, 여러분!

페미니즘은 이제 우리나라 대통령 공약에도
등장할 만큼 사회 전반에 퍼진 무브먼트가 되었다.

페미니즘이란

**페미니즘**

시사상식사전

오랜 남성 중심의 이데올
로기에 대항하여 사회 각
분야에서 여성 권리와 주
체성을 확장하고 강화해
야 한다는 이론 및 운동.

남녀가 평등하고 조화로운 사회를 만들어 나가기
위해서 모두가 알아야 할 당연한 상식이며

여성 권익 신장에도 큰 기여를 하고 있다.

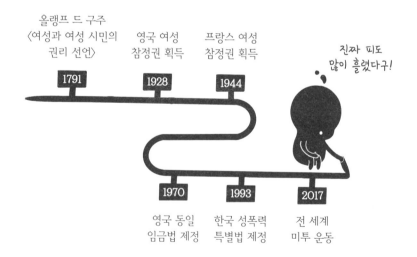

그런 만큼 페미니스트들은 생리와
관련된 이슈들 또한 논의하고 있는데,
그중 하나가 '생리'라는 용어에 문제가 있다는 것이다.

생리가 생리지
뭐가 문제?
역시 페미들은 피곤해.

짚고 넘어가야 할
부분이라고!

생리는 눈물, 콧물, 방귀, 대소변 등
모든 '생리 현상'의 줄임말로

야! 왜 네가
우릴 대표하냐?

네가 뭔데?

···나도 딱히
원한 건 아냐.

여성의 월경을 돌려서 표현하는 것이다.

홍길동도
아니고.

그래서 원래 용어인 월경月經을 쓰거나

정액처럼 정혈精血이라고 표현하자는 움직임도 있다.

그러나 이에 대해서도 여러 이견이 있을뿐더러

용어를 바꾼다는 것이 쉽지 않아

더 고민하고 함께 논의해볼 필요가 있다.

사실 어느 국가든 생리를 돌려 표현하는 문화가 있다.

생리를
어떻게 부르느냐가
가장 중요한
문제는 아니지.

이보다 더 중요한 것은
생리가 인류의 세대를 잇는
우리 모두의 이슈인 만큼

누구나 자연스럽게 생리에 대해 이야기하거나

남자들이 보면
어쩌려고···

그게 뭐
어때서?

'생밍아웃' 할 수 있고

선생님,
저 생리 중인데요.

여성의 생리라는 생리 현상을 존중하고 배려하며

나아가 '월경권'을 우리 모두의 권리로
확장하는 성숙한 문화의 형성이다.
그 많은 피를 흘리고도 우리는 살아 있으니까!

# 생리통 있다고 내리라고?

생리통이 있다는 이유로
비행기에서 강제로 내린 적이 있다.

두바이 여행을 가기로 한 우리 커플은
들뜬 마음으로 비행기에 몸을 실었다.

생리 중이어서 몸 상태가 썩 좋지 않았던 나는

남자친구에게 생리통이 있다고 이야기했다.

자기, 나 배도 아프고
머리도 아파···

우리 자기,
괜찮아?

그런데 마침 옆에 있던
승무원이 우리의 대화를 듣고

자기,
아프지마···

뭐라고?!

잠시 어디론가 갔다가 다시 돌아오더니
내 상태를 자세히 묻고는

이륙 직전, 비행기에서
내리라고 통보한 것이다.

나는 견딜만 했고

목적지까지 가기를 원한다고 밝혔으나

강제로 하차당했다.

심지어 공항에서
특별한 의료적 도움을 받지도 못했고

티켓 보상도 없어
비행기 표를 재구매해야 하는 상황에

억울해서 눈물까지 흘렸다.

아니, 양쪽 말을
다 들어봐야죠...

한편 항공사는…

내 상태가 너무 좋지 않아 보였고
불편함을 호소했으며

여자친구
생리통이 너무 심해요...

어디
불편하신가요?

장시간 비행을 하다 더 큰 위험에
처할 수 있겠다는 생각에 의료팀에 연락한 뒤

맞아요.
생리통이 아니라
더 큰 병일 수도 있고...

7시간 비행은
무리 같은데...

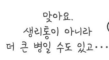

매뉴얼대로 내리도록 했기 때문에
문제가 없다고 주장했다.

승객이 비행 중 문제의 소지가
있을 수 있는 질병을 가지고 있
을 경우 항공사는 해당 승객의
탑승을 거부할 수 있는 권한이
있으며…

– WHO(세계 보건 기구) –

하지만 생리통임을 밝히며
본인이 강력히 비행을 원했으니

인류의 반이 매달 하는
생리 때문이라니까!
갈 거라고!
갈 수 있다고!

다른 도움을 줄 수도 있었을 텐데,
강제로 내리게 하는 것이 과연 옳은 처사였을까?

홍이는
따뜻한 차
시러…

우선 진통제와
따뜻한 차를
권해드려야겠다.

거짓말 같겠지만 놀랍게도
중동 쪽 항공사에서는 종종 있는 일이다.
홍이야, 여행 갈 때는 제발 쫓아오지 말라고!

# 폐경? 완경?

완경完經, 들어본 적 있니?

완경은 여성의 월경이
끝나는 현상을 뜻하는 말로

기존에 쓰던 폐경閉經보다 훨씬 긍정적으로
들려 최근 널리 퍼지고 있는 단어야.

이제부터
완경이라고 하자!

완경

생리 탈출!

월경이 끝난 것이
곧 여성성의 상실은 아니며

더 이상 아이를 낳지 않겠다는
몸의 자연스러운 변화이자 해방된 여성의 삶을
보여주는 것임을 반영한 단어이기도 해.

되게
좋아하네···

안녕~
멀리 안 나갈게~

폐경은 '월경이 닫혔다'는
의미여서 부정적인 느낌이 들지만

완경은 한 과정을 잘 완성했다는 느낌을 줘.

실제로 완경기 여성들은
완경이라는 단어에 매우 긍정적인 반응을 보였어.

완경은 그 많은 피를 흘리고도
우리가 살아왔고, 살아간다는 증거야!

징헌놈의 이 생리,
한바탕 욕보면 그뿐

## 생리에 관한 전 세계의 변화

### 독일, '탐폰 북' 캠페인

독일은 최근까지 생리 용품에 무려 19퍼센트의 세금을 부과했었다. 이는 사치품에 부과되는 세율과 같으며, 약 50년 전 세율이 개정되지 않고 이어진 결과다.

독일의 생리 용품 회사 더 피메일 컴퍼니The Female Company는 이에 반발하여 《탐폰 북The tampon book》이라는 책을 출시했다. 이 책 안에는 진짜 탐폰이 들어가 있다. 책에는 세금이 7퍼센트만 부과된다는 것을 이용해 탐폰 구매 시 내야 하는 세금을 낮춘 것이다. 가격은 3.11유로(약 4,200원). 이 책을 구매하면 탐폰보다 저렴한 가격에 탐폰과 함께 생리에 대한 유용한 정보까지 얻을 수 있었다. 이렇게 만들어진 《탐폰 북》은 출간 후 하루 만에 완판되었고, 2쇄는 1만 부가 팔릴 정도로 꾸준히 주목받았다.

이를 계기로 생리 용품에 부과되는 세금에 대한 논쟁이 시작되었고, 2020년 독일 정부는 생리 용품을 사치품이 아닌 일용품으로 규정하고 세율 또한 그에 맞춰 인하하기로 했다.

### 스코틀랜드, 생리 용품 세계 첫 전면 무료화

2020년 11월 24일, 스코틀랜드 의회는 생리 용품을 무상 제공하는 법안을 만장일치로 통과시켰다. 스코틀랜드에서는 2018년 9월부터 중·고·대학교에서 생리 용품을 무상 제공하고 있었는데, 이를 전 국민으로 확대한 것이다.

이 법안을 발의하고 5년간 생리 빈곤 퇴치 캠페인을 벌여온 노동당의 모니카 레넌 의원은 "몇 년 전만 해도 생리 문제가 의회에서 공개적으로 다뤄지지 않았는데, 이제는 주요 의제가 되었다"고 말했다.

최근 우리나라에서 신발 깔창 생리대가 이슈됐던 것처럼 스코틀랜드에서도 여성 5명 중 1명이 생리대를 살 돈이 없어 수건이나 신문 등을 생리대 대용으로 사용한 적이 있다는 조사가 발표되어 사회적 파장을 일으켰다. 이에 더해 최근 코로나19로 인한 경제난으로 '생리 빈곤'이 이전보다 더 심각해지고 있음을 인식한 정치인과 시민 단체 들은 이 법안을 통과시키기 위해 백방으로 노력했고, 그것이 비로소 빛을 발한 것이다.

## 영국, '탐폰세' 폐지

2021년 1월 1일부로 영국에서 소위 '탐폰세'라고 불리던 생리 용품 부가 가치세가 폐지되었다. 영국 정부는 2020년에 탐폰세 폐지를 약속했지만, EU의 생리 용품 부가 가치세 의무 조항 때문에 이를 실행할 수 없었다. 브렉시트가 1일부터 발효되며 드디어 이를 지킬 필요가 없게 된 것이다.

이는 수년 전부터 탐폰세 철폐를 주장해온 선거 운동가들의 노력이 결실을 맺은 것으로, 이들은 탐폰세를 "성차별적이고 시대에 뒤처진 세금 부과"라고 말하며 차별 정책의 일환으로 보았다. 영국 정부는 이들의 주장을 받아들였고, 실제로 실행하였다. 이에 대해 리시 수낙 영국 재무 장관은 "탐폰세 폐지 약속을 지키게 돼 자랑스럽다"고 이야기하기도 했다.

# 임신 안 해도
# 산부인과는 갈 수 있는 걸요

"며칠 전부터 자꾸 성기가
간지럽고 이상한 냄새가 나요."

왜 이렇게
간지럽지···

"아무래도 질염인 거 같은데,
질염보다 더 겁나는 건 산부인과예요···"

산부인과

이처럼 여성들은 대부분
산부인과 방문에 거부감을 가지고 있다.

우리나라 여성들은 보통 20대에
산부인과를 처음 방문한다고 한다.

주된 이유는 임신 여부를 알기 위해서다.

그전까지는 문제가 있어도
약만 먹거나 참는 경우가 많다.

성기를 남에게 노출해야 한다는 부담감과

소위 '굴욕 의자'의 압박은
성 경험이 있어도 산부인과를 꺼리게 만든다.

사회적 편견과 잘못된 시선 때문에
산부인과에 가기 어려워하는 여성들도 많다.

다른 사람들이
이상하게 볼까 봐
좀 그래···

심지어 같은 여성들조차도
편견 어린 눈초리로 바라보곤 한다.

그런 거
아닌데···

어린 애가 무슨
산부인과에 가냐?

쟤 산부인과
갔다더라.

산부인과에 대해
무지한 남자들은 더욱 오해하기 쉽다.

이따 산부인과
좀 가 보려고···

뭐? 임신한 것도 아닌데
산부인과에 왜 가?

이런 부정적인 인식 때문에
최근 20대 자궁 경부암 환자가 급증하고 있다고 한다.

산부인과의 이름을 바꾸자는 목소리가
커지는 것도 이를 타파하기 위해서다.

산부인과는 생리가 시작되면
몸 관리를 위해 필수적으로
가야 하는 곳이다.

성 경험이 없어도 산부인과에서
정기적으로 검사를 받을 필요가 있다.

명심하자.
우리는 우리의 피에 대해 더 많이 알고 사랑해야 한다는 것을.
그러니 더 이상 산부인과를 무서워하지 말자!

# 그래, 병원에 가자

딸, 엄마랑
병원 좀 가 보자.

생리통을 견디지 못하고
엄마와 병원에 간 날이었다.

산부인과에 간다는 게 무서웠지만

내 나이에
가도 되나…?

이름도
뭔가 낯설어.

산부인과

극심한 생리통과 이별하고 싶다는
간절한 마음으로 산부인과로 향했다.

환자 분~ 검사를 해보니까요,
생리통은 호르몬··· 식습관··· 스트레스···
(생리통 단골 단어)

그렇구나···

···사실 생리통이란 게
별다른 해결책이 없어요.

!?

임신하면 싹~ 다
해결되긴 합니다.

임신하면 생리통이
사라지거든요~ ㅎㅎ

웃어···?

물론 농담이었겠지만,
어린 환자에게 다짜고짜 임신 이야기를
꺼내는 것이 기분 좋지는 않았다.

여자가 무슨
아기 캐리어야?
기승전임신 실화냐.

가끔 이상한 의사도 있으니까
병원 가기 전 후기 꼭 찾아보기!

왜?
맞는 말인데ㅋㅋㅋ

세상은 고통으로 가득하지만
그것을 극복하는 사람들로도 가득하다.

－헬렌 켈러

## 이런 증상이 있다면 산부인과에 가야 한다

기침이 나거나 속이 쓰리면 내과에 가야 하고, 목이 붓거나 귀가 아프면 이비인후과에 가야 한다. 그렇다면 산부인과에 가야 하는 증상은 어떤 것이 있을까? 산부인과에 가는 것이 꺼려지더라도 여성 질환은 조기 진단 시 우수한 치료 효과를 볼 수 있는 경우가 많으니 꼭 찾아가보기를 권한다.

### 냉이 심하게 나올 때

보통 질염이 있을 때 나타나는 증상으로, 약국에서 파는 질염약은 근본적인 원인을 해결해주지는 못하므로 병원에서 약을 처방받는 것이 좋다.

### 부정 출혈이 있을 때

생리 기간 외 비정상적 출혈인 부정 출혈은 체중이 급격하게 늘거나 줄었을 때, 피임약을 처음 복용할 때, 스트레스로 호르몬이 불균형해질 때, 자궁 내막증, 폴립 같은 자궁 질환이 생겼을 때 등 다양한 이유로 나타난다. 병원에 갈 때는 짐작되는 원인과 함께 부정 출혈의 기간과 양상을 파악하여 가는 것이 좋다.

### 평소와 생리혈 색이 다르거나 이상할 때

생리혈이 심하게 끈적이거나 색이 어두운 자줏빛, 주황빛을 띤다면 질염, 자궁 근종, 자궁 선근증 등을 의심해볼 수 있다. 검은색 하혈은 제왕절개를 했거나 자궁 내 장치가 있는 경우 흔히 볼 수 있지만 유산 등 다른 원인이 있을 수도 있다.

### 생리 불순이 있을 때

생리 불순은 다낭성 난소 증후군, 스트레스로 인한 배란 장애 외에도 갑상선 기능 이상 등의 내분비 질환, 뇌하수체 종양, 골반 내 양성 종양, 악성 생식기 종양 등의 이유로 나타날 수 있다. 자궁과 성기뿐만 아니라 몸의 다른 부분에 문제가 생겼다는 신호이기도 한 것이다.

## 생리통이 평소보다 과하게 심할 때

정상적인 생활을 할 수 없을 정도로 생리통이 심하다면 자궁 선근증, 자궁 근종 등 자궁 내 질환이 있거나 난소에 문제가 생겼을 가능성이 크다.

## 배뇨통이 있을 때

배뇨통은 의한 방광염 때문에 생기는 경우가 많으며 요로 결석의 한 증상일수도 있다. 빠르게 치료하면 회복이 쉬운 편이지만 방치하면 만성이 되거나 골반염, 신우염 등으로 발전할 수 있다. 병원에 갈 때는 빈뇨, 잔뇨감, 혈뇨 등의 증상이 동반되는지 미리 확인하도록 하자.

## 음부가 아프거나 가려울 때

평소나 성관계 시 음부가 아프다면 음부 신경통을 의심해봐야 한다. 질염, 방광염 등이 동반되는 경우도 있으므로 정확한 통증 부위와 양상을 파악하는 것이 중요하다. 음부가 간지러운 음부 소양증의 경우 질염이나 헤르페스 감염, 습진, 심하게는 음부암의 가능성도 있다.

## 가슴이 자주 아플 때

PMS 기간이 아닌데도 유방통이 있다면 물혹(양성 결절)이나 유방암이 의심되므로 종괴의 유무를 반드시 확인해야 한다. 유선염이나 농양이 형성되어 있을 수도 있다.

## 대표적인 여성 질환 알기

### 질염

질에서 발생하는 염증의 총칭으로 감기에 비유될 정도로 흔한 질환이다. 주 원인으로는 면역력 저하, 꽉 끼는 옷 착용, 피임약이나 항생제 복용 등이 있다. 씻어도 냄새가 나는 경우, 외음부가 가렵거나 붓는 경우, 냉이 과하게 많이 나오거나 끈적이고 색이 짙은 경우, 배뇨통이나 성교통이 함께 나타나는 경우 질염을 의심해봐야 한다. 질염과 함께 임질균이나 클라미디아균 등 성병균에 의한 자궁 경부염도 흔히 생길 수 있고 골반염의 원인이 되기도 하므로 진단 및 치료에 신경을 써야 하는 질환이기도 하다.

### 방광염

여성에게는 질염처럼 흔한 질환이며 질염과 동시에 발생되는 경우도 많다. 대표적인 증상으로 배뇨통, 빈뇨, 잔뇨감이 있으며 아랫배나 요도가 짜릿하고 심하면 혈뇨가 나오기도 한다. 제대로 치료하지 않으면 만성이 되거나 간질성 방광염, 과민성 방광 증후군, 상부 요로 감염인 신우신염 등으로 발전할 수 있다.

### 다낭성 난소 증후군

여성 호르몬 균형이 무너지면서 생기는 병으로 2차성 무월경이나 무배란성 월경 이상을 일으키는 대표적인 질환이다. 정확한 원인은 밝혀지지 않았으나 호르몬 불균형과 잘못된 식습관이 이유로 꼽힌다. 일정하던 주기가 흐트러지면 이 질환을 의심해볼 필요가 있고 가족력이 있거나 비만이라면, 평소에도 생리가 불규칙하다면 특히 조심해야 한다. 피임약, 프로게스테론 제제를 치료제로 쓸 수 있지만 식습관과 운동 및 체중 조절 등 생활 패턴의 개선 없이는 쉽게 재발하는 경향이 있다.

### 자궁 근종

자궁 근육층을 이루는 세포의 비정상적 증식으로 종양이 발생하는 질환이다. 증상이 없는 경우가 많으며 빈뇨, 골반염, 생리 과다, 심한 생리통 등의 증상이 동반될 때도 있다. 증상이 없는 작은 크기의 근종은 정기적인 초음파 검사로 추적하고, 증상이 있다면 대증 치료 및 수술, 하이푸 시술 등을 고려해야 한다.

## 자궁 내막증

자궁 내막 조직이 자궁 내가 아닌 복강에 있는 것으로, 발병도와 재발률이 높은 질환이다. 원인은 정확하게 밝혀지지 않았으나 복강으로의 생리혈 역류설, 복막 상피의 자궁 내막화설 두 가지로 추정되고 있으며 여성 호르몬 과다, 생리 주기가 심하게 짧거나 긴 경우, 과하게 빠른 초경, 가족력 등도 원인으로 추측된다. 골반 통증, 심한 생리통, 성교통 등이 주요 증상으로 꼽힌다.

## 자궁 경부암

자궁 경부에 발생하는 여성 생식기 암으로 악성 종양에 해당한다. 성관계를 통해 감염되는 인유두종 바이러스로 인해 생기는 질환이며 흡연이 자궁 경부암 발생률을 높인다는 연구 결과도 최근 발표되었다. 다른 암과 마찬가지로 악화되기 전까지 증세가 거의 나타나지 않으며, 증상으로는 질 출혈, 피가 섞인 냉, 갑작스러운 생리혈 증가 등이 있다. 이를 예방하기 위해 자궁 경부암 예방 접종을 맞고 증상이 없어도 정기적으로 검진을 받기를 권한다.

## 유방암

유관과 소엽의 상피 세포에서 발생하는 암으로 침윤성 유관암·소엽암, 유관 상피내암, 유방 파제트병 등 종류가 다양하다. 발생 원인은 정확하게 밝혀지지 않았으며 잦은 고지방식 섭취와 음주, 출산이나 수유 경험, 가족력, 여성 호르몬, 환경 호르몬 등이 위험 요인으로 꼽힌다. 통증 없는 멍울이 만져지거나 유두에서 피가 섞인 분비물이 나오거나 해당 부위에 습진이 생기는 경우 의심해봐야 한다.

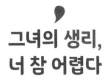

# 그녀의 생리,
# 너 참 어렵다

몇 년 전, 여자의 생리에 대한 글을 봤다.

여자들은
생리할 때
예민하다는군!

그 후 여자친구가 생겼는데,
하루는 여자친구가 평소와 너무 달랐다.

앗,
이 상황은···!

여자친구에게 생리냐고 자연스럽게 물어본 나는
여자친구의 생리까지 걱정해주는 착한 남자친구가 되었다.

이해해줘서 고마워~
오빠 참 자상해!

(몇 년 전엔
진짜 이런 반응만 있었다!)

몇 년 후 새로운 여자친구를 만났는데,
또 다시 평소와 다른 여자친구를 발견했다.

이 상황
익숙한데···?

예전의 기억을 떠올리며
그녀에게 생리냐고 물어봤는데

자기 생리해?
오늘따라
힘들어보이네···

여자친구

내 생각과 달리
여자친구는 불쾌해하는 눈치였다.

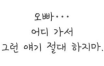

오빠···
어디 가서
그런 얘기 절대 하지마.

요즘 그런
말하면 욕먹어.

블로그? 지식인?
뭐든 도와줘···

그날 저녁,
집에 와서 허겁지겁 검색해봤다.

그리고 본 것은···

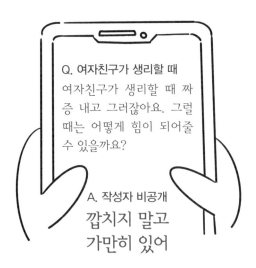

Q. 여자친구가 생리할 때
여자친구가 생리할 때 짜
증 내고 그러잖아요. 그럴
때는 어떻게 힘이 되어줄
수 있을까요?

A. 작성자 비공개
깝치지 말고
가만히 있어

남자들의 고충도 이해는 간다.

여자친구가 생리 중이거나 PMS 같아 보여도
어떻게 반응해야 할지 모를 테니 말이다.

"너 생리야?"라는 말은 두 가지 경우로 나눌 수 있다.

여자친구가 짜증이 늘거나
이유 없이 화를 내서 물어봤다면

"넌 지금 쓸데없이 예민하게 굴고 있어"라는 말을
가장 빡치는 방법으로 말한 것이다.

본전도 못 건지니 정말 '깝치지 않는 게' 낫다.

정말로 여자친구가 생리 중 감정 기복이 심하다면
건드리지 말고 논쟁도 후일로 미루기를 추천한다.

같은 질문이어도 진심 어린 말투로 걱정하는 건 OK!

하지만 아주 친밀한 사이가 아니라면
웬만해선 그것도 삼가는 게 좋다.

여자 사람 친구에게 "너 생리야?"라고
물어봤을 때 반응이 좋지 않았다면

여성의 생리를 별거 아닌 것으로 치부하는 듯한 말투!

내가 잘못한 게 아니라
네가 생리해서 예민한 거라는 말투!

너는 지금 뇌가 아니라
자궁의 지배를 받고 있는 거라는 말투!

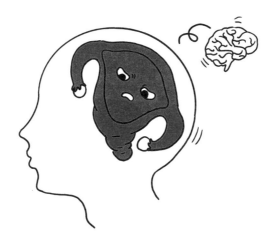

그런 말투로 말한 게 아닌지 되돌아볼 필요가 있다.
이래도 이해가 안 되면 그냥 외우자.
No 자궁, No "너 생리야?"

알았으면
이제부터라도
깝치지 마. ㅇㅋ?

# 생리에 대한
# 남자들의 흔한 오해

〈오해 1〉
생리대 사이즈 기준은 체격이다?

생리대 사이즈는
생리 양을 기준으로 나눠진다.

<오해 2>
소변처럼 나오는 때를 조절할 수 있다?

생리가 생리 기간 내내 똑같은 양으로 나오진 않지만,
시간이나 양을 조절할 수는 없다.

〈오해 3〉
생리대는 몸에 붙인다?

아니야?
그럼 어디에
붙이는데?

생리대는 속옷에 붙여 사용한다.
옆쪽 날개는 고정력과 흡수력을 높여주는 역할이다.

살에 붙이면
어떻게 떼려고?

<오해 4>
생리는 하루면 끝난다?

생리 기간은 평균 5일이며,
보통 28일의 주기를 두고 다음 생리가 시작된다.

그래서 월경의 날도 5월 28일인 것이다!

명심하자. 남자들은 여성의 생리에 대해
마음대로 짐작하지 말 것!

# 첫 이별은 생리 때문에

나는 생리 때문에 첫 남자친구와 헤어졌다.
벌써 3년 전 일이다.

그는 유대계 미국인 엔지니어였고,
호텔 스위트룸에 묵을 정도로 능력이 좋았다.
회사에서 장기로 묵을 수 있는
최고급 호텔을 남자친구에게 제공해준 것이다.

나는 출장 차 그 호텔에 묵었다가 우연히 그와 만났고,
우리는 금방 마음이 통했다.

그렇게 매주 서울과 부산을 오가며
장거리 연애를 하게 되었다.

호텔의 젠틀맨 고객이었던 남자친구와

VIP 전용 라운지에서 와인을 마시며
즐거운 나날을 보냈는데…

사귄 지 두 달쯤 되었을 어느 날 아침,
눈을 뜨자마자 불길한 예감이 들었다.

역시나… 밤새 생리가 시작된 거다.
양까지 많아서 침대는 그야말로 처참한 상태였다.

빳빳한 120수
새하얀 호텔 침구…

잠에서 깨 울상이 된 나를 본
남자친구는 바로 침대를 확인했다.

왜 그래?

갑자기
생리 시작했어…

그때 본 남자친구의
일그러진 표정을 잊을 수가 없다.

What the···

남자친구는 내게서 이불을 빼앗다시피 해
화장실에 가져가 빨기 시작했다.

나는 너무 부끄러워서
아무것도 할 수 없었다.

남자친구가 불쾌한 듯 내뱉는 욕설이
내 귀에 똑똑히 들렸다.

눈물이 왈칵 쏟아졌지만
들키고 싶지 않아
재빨리 닦고 눈을 치켜떴다.

남자친구는 빨래가 제대로 되지 않자 이불과 시트를
모두 걷어 생리혈이 보이지 않게 말아두었다.

안 되겠어!

나는 하루 종일 남자친구의 표정과
"God damn it!"이라는 말이 머릿속에서 떠나지 않았는데
그는 아무렇지 않아 보였다.

날씨 좋다!

그날 밤,
나는 잠든 그를 두고 짐을 챙겨 서울로 향했다.

그리고 모든 연락을 끊어버렸다.

그는 너무나 답답해하며 나에게 계속 연락했고

결국 나는 최소한의 예의로
우리가 헤어진 이유를 알려줬다.

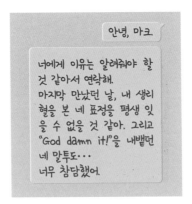

내 말을 들은 그는 나에게
수없이 미안하다고 했고

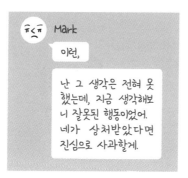

자신이 왜 그렇게까지 했는지도 알려줬지만

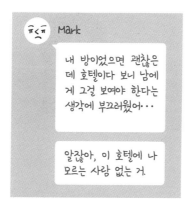

나는 마지막 인사를 하고
그를 차단했고, 다시는 만나지 않았다.

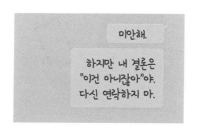

주변 사람들은
그를 이해해줘야 하는 것 아니냐고 했다.

호텔이어서 그랬다잖아.
난 좀 이해되는데?

친구 1

나에게 참담함을 안기지 않는
다른 방법이 있었을 거 아냐.

유대인이나 이슬람 문화가 그렇다더라.
성경에도 생리가 불결하다고 써 있잖아.

친구 2

이건 생리 문제가 아니라
배려의 문제잖아.

미숙해서였지 악의는 없었다는 생각에
가끔 미안하기도 하다.

내가 너무
매정하게 끊었나?
잘 지내려나···

지금도 생리 때가 되면 종종 그가 생각나곤 한다.

하지만 다시 그때로 돌아간다고 해도 헤어졌을 거다.
남자들은 절대 모를 비참함.
그는 그 비참함을 내게 줬으니까.

# 생리 때문에 이런 짓까지 해봤다 3

소파에 앉아 있다 급 빡쳐서
소파 막 패고 물어뜯음.
가끔 집에 손님들 오면 잇자국 보고
강아지 키웠냐고 물어봄…

그땐 미안했다…

선명한 잇자국

갖고 싶던 명품 팔찌 생리 전날
눈 돌아서 걍 사 버림.
내 통장 눈 감아…

일시불로 긁어주세요!!!

혼자 놀이공원 가서
놀이기구 타면서 대성통곡했다.
이 구역의 미친X은 나야^^

…우린 정상이야!
이건 다 자궁이랑 홍이
때문이라고!!

# 4부

# 이제는
# 생리도 장비발

# 나의 골든컵을 찾아라!

사실 생리컵을 쉽게 고르는 팁은 없다. 질의 모양과 크기는 사람마다 천차만별이고, 이를 정확히 알 수 있는 방법도 없기 때문이다. 하지만 생리컵의 모양이나 종류를 알아두면 골든컵(나에게 딱 맞는 컵)을 찾는 일이 좀 더 수월해질 것이다.

## 장단점

### 장점

· 재사용할 수 있어 환경 보호에 도움이 된다.
· 잘 맞을 경우 착용한 느낌이 전혀 안 들 정도로 편안하다.
· 최대 12시간까지 착용해도 안전하다.
· 질의 pH 균형이 유지된다. 똑같이 질 안에 넣는 탐폰은 자연 분비물까지 흡수하지만 생리컵은 생리혈만 담아내기 때문에 질 내 산도와 박테리아의 균형을 깨지 않는다.

### 단점

· 익숙해지기까지 시간이 걸려 진입 장벽이 높다.
· 골든컵을 찾기가 어렵다.
· 사용 후 관리가 번거롭다.

### 벨 타입

삽입은 쉽지만 용량이 작아서
교체 주기가 볼 타입보다 빠르다.

### 볼 타입

용량이 벨 타입에 비해 크지만
접어서 삽입했을 때
잘 퍼지지 않는다.

## 접는 법

### 씨 폴드 C-ford

생리컵을 평평하게 누른 후 영문자 C 모양이 되도록 반으로 접
는 방법이다. 대부분의 생리컵에 사용할 수 있는 쉽고 빠른 방법
이지만 입구 쪽이 넓게 접혀 삽입 시 불편할 수 있다. 말랑한 컵
은 이 방법을 사용하면 잘 펴진다.

### 세븐 폴드 7-ford

생리컵을 평평하게 누른 후 숫자 7 모양이 되도록 한쪽 모서리
를 접는 방법이다. 다른 방법에 비해 크게 접혀 입문자가 쓰기에
는 조금 어려울 수 있다. 삽입 후 접힌 부분을 쿡 찔러주면 컵 입
구가 열린다.

### 펀치 다운 Punch-down

생리컵 크기를 더 작게 만들 수 있는 방법으로 컵 가장자리를 안
쪽으로 눌러 접는다. 이 방법을 이용하면 삽입할 때 컵을 잡기가
편하지만, 말랑한 컵은 제대로 접히지 않을 수 있다.

# 생리통과 냄새를
# 잡아주는 면 생리대

## 장단점

일회용 생리대보다
건강에 좋아!

### 장점

· 한 번 사면 1년은 사용할 수 있어 경제적이다.

· 일회용 생리대에 비해 냄새와 가려움이 없고 자극이 덜하다.

· 생리통이 사라진다.

### 단점

· 쓸 때마다 세탁해야 해서 번거롭다.

· 다른 생리 용품에 비해 흡수력이 떨어진다.

· 일회용 생리대보다 두꺼워 티가 나고 말리는 데 오래 걸린다.

## 세탁법

1. 사용 후 24시간 내로 피가 나오지 않을 때까지 흐르는 찬물에 손빨래한다.

2. 비누나 세제로 세탁한 후 헹구지 않은 채 물에 반나절 이상 담가둔다.

3. 손빨래하거나 세탁기로 한 번 더 세탁한다.

4. 차가운 물로 헹궈준다.

5. 탈수시켜 햇볕에 말린다.

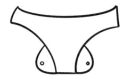

원하는 위치에
면 생리대를 올린다.

날개에 달린 똑딱 단추를
채워서 고정시킨다.

## 접는 법

- 팬티라이너, 소형

- 중형, 대형, 오버나이트

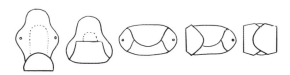

1. (중형, 대형, 오버나이트만) 생리대의 가장 밑부분, 흡수체가 없는 곳까지 접는다.
2. 생리대의 위아래를 양 날개가 접히지 않을 만큼만 포개어 접는다.
3. 포개어진 부분 위로 똑딱 단추를 채운다.
4. 손바닥만 한 딱지 모양으로 깔끔하게 완성!

# 탐폰의 추억

20년 전, 프랑스 칸으로 출장을 가게 되었다.
운 좋게 최고급 호텔에 머무를 수 있었는데,

업무 빨리 끝내고
호캉스를 즐겨볼까~

그 호텔에는 예쁜 야외 수영장이 있었다.

이날만
기다렸다!

마음껏 칸의 태양을 즐기려는 찰나!
예정에 없던 생리가 콸콸…

수영장 간다고?
내가 빠질 수 없지.

너무 속상했지만 일광욕이라도 즐기고 싶어

태닝만이라도
하자···

수영장 데스크에서 생리대를 빌리기로 했다.

좋은 호텔이니
생리대쯤은
빌려주겠지?

다행히 수영장 데스크에 여자 직원이 있어서
그분에게 생리대를 빌려달라고 말했다.

그런데 달라는 생리대는 안 주고
웬 지우개를 주는 거다.

나중에 알고 보니 삽입형 생리대인
탐폰이라는 거였다.

이게 뭐예요?
생리대 주세요!

생리대 맞아요!
탐폰이라니까요!

네?
탐⋯ 뭐?
생리 중이라니까요?

네!
아까 드린 거
생리대 맞다니까요!

할 수 없이 그걸 받아든 나는 돌돌 말린
생리대인 줄 알고 억지로 풀어보았다.
하지만 도저히 쓸 수가 없었다.

이렇게
쓰는 거 맞아⋯?

맞겠냐ㅋㅋ

포기하자···

실망한 나머지 짐을 챙겨
방으로 들어가려는데

탐폰을 줬던 직원이
탐폰 사용법을 가르쳐주었다.

헉, 이걸 넣는다고요?
자궁 속을 헤엄칠 것
같이 생겼는데요?

걱정 마세요.
이 실을 잡고
당기면 돼요.

이걸 끼면 수영을 할 수 있기 때문에
수영장에서는 탐폰을 빌려주는 거라고 했다.

정말요?

네, 그러니까
한번 사용해보세요.

수영을 할 수 있다는 말에
용기를 내어 탐폰을 껴봤다.

대박!

그때 경험한 신세계를 잊지 못한 나는
한국에 돌아온 뒤에도 계속 탐폰을 사용하고 있다.

세상은 넓고, 앞으로 내가 써 볼 탐폰은 너무나도 많다!

# 잘 맞으면 신세계라는 탐폰

## 장단점

### 장점

· 뽀송하다.
· 생리컵에 비해 삽입이 쉽다.
· 운동하거나 딱 붙는 옷을 입을 때 편리하다.

### 단점

· 일회용품이다.
· 장시간 사용하면 독성 쇼크 증후군이 올 수 있어 위험하다.
· 생리혈이 얼마ㅑ 나왔는지 알 수 없어 교체 시기를 알기 어렵다.

## 구조

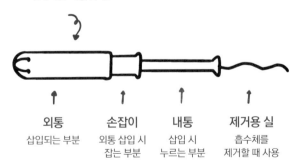

흡수체는 외통 안에!

**외통**
삽입되는 부분

**손잡이**
외통 삽입 시
잡는 부분

**내통**
삽입 시
누르는 부분

**제거용 실**
흡수체를
제거할 때 사용

### 어플리케이터 타입

흡수체를 감싸고 있는
어플리케이터가 있어
상대적으로 삽입하기 쉬움

### 디지털 타입

총알처럼 생긴 흡수체를 손가락으로
직접 삽입해야 하므로 초보자의 경우
사용이 어려울 수 있음

탐폰의 종류는 크게 생리 양과 어플리케이터 유무를 기준으로 나눠진다. 일회용 생리
대처럼 라이트(양이 적은 날), 레귤러(양이 보통인 날), 슈퍼(양이 많은 날) 등으로 나
뉘며 크기는 질의 크기에 비례하지 않는다.

## 사용법

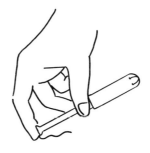

1. 손을 깨끗하게 씻는다.
2. 외통의 갈라진 끝부분을 몸쪽으로 향하게 한다.
3. 엄지와 중지로 손잡이를 잡고 검지는 내통 끝(실이 시작되는 부분)에 살짝 올린다.
4. 앞으로 밀어 손잡이 부분 전까지 질에 삽입한다.
5. 엄지와 중지로 손잡이를 잡은 상태에서 검지로 내통을 꾹 누른다.
6. 손잡이를 잡은 채 어플리케이터를 빼낸다.

# 생리대가 쾌적하다니

생리대가 쾌적해서 생리 기간이 기다려진다는 말은

코피 막는 거즈가 너무 쾌적해서 코피가
빨리 났으면 좋겠다는 말과 같은 느낌…

# 뭐시 중인디?
# 뭐시 중이냐고!

나에겐 갓 고등학교에 입학한 남동생이 있다.

어릴 때부터 잘 챙긴 덕에
툴툴대긴 해도 내 말을 잘 들어준다.

아오···
귀찮게···

옳지,
잘한다.

어느 날, 소파에서 TV를 보던 중
찝찝한 느낌에 급하게 화장실로 달려갔다.

역시나 갑자기 찾아온 불청객, 생리였다.

마침 집에 생리대가 다 떨어져서,
동생에게 생리대를 사오라고 시켰다.

하지만 계속 기다렸는데도
동생은 올 기미가 보이지 않았다.

한참 후, 동생에게 전화가 왔다.

# 가장 우리 가까이에 있는
# 일회용 생리대

## 장단점

### 장점

· 초기 비용이 비교적 저렴하고 접근성이 좋다.
· 휴대와 교체가 편리하다.
· 종류와 크기가 다양하다.

### 단점

· 일회용품이다.
· 자주 교체해야 한다.
· 흡습체의 화학 성분 때문에 생리통이 심해질 수 있다.

## 구성

일회용 생리대는 톱 시트, 내부 시트, 흡습체, 백 시트, 접착면으로 구성되어 있다. 여기서 재료를 조금 바꾸거나 첨가하면 특수한 생리대가 되는데, 합성 면이나 부직포가 아닌 유기농 면을 톱 시트와 내부 시트에 사용하면 유기농 생리대가 되고 흡습체를 고분자 폴리머 대신 솜으로 채우면 노샙NO SAP 생리대가 된다.

## 사용 시 주의 사항

흡습체의 화학 성분이 몸에 안 좋은 영향을 미칠 수 있으므로 양이 많은 날에는 2~3시간마다 한 번씩 교체해주어야 하고, 양이 적은 날에도 같은 생리대를 장시간 착용하지 않도록 주의해야 한다.

팬티라이너            날개형

◦ **팬티라이너**

가장 작은 사이즈(15~19센티미터 정도)의 생리대로 크기가 17센티미터 이상인 경우는 '롱 팬티라이너'라고 부르기도 한다. 양이 아주 적은 날 사용하거나 몸에서 분비물이 많이 나올 때 사용한다. 일반적으로 날개가 없고 크기가 작아 착용 시 티가 잘 나지 않는 대신 고정이 잘 되지 않아 장시간 착용은 힘들다.

◦ **일반형(소형)**

21~23센티미터 정도의 크기로 날개가 없는 것이 특징이며, 팬티라이너보다 두껍고 크다. 양이 적은 날에 사용한다.

◦ **날개형(중형)**

25센티미터 정도의 크기로 생리대가 움직이지 않노록 고정시킬 수 있는 날개가 달려 있으며 양이 보통인 날 사용한다. 두께가 많이 두껍지 않아 자주 교체해야 한다.

◦ **날개형(대형)**

크기는 28센티미터 정도, 중형과 마찬가지로 날개가 달려 있다. 양이 많을 때 사용하며 오버나이트 대용으로 쓰기도 한다. 두께가 두꺼워 비교적 장시간 사용할 수 있다.

오버나이트　　　　　　　입는 오버나이트

## ◦ 오버나이트

가장 큰 사이즈(33센티미터 정도)의 생리대로 주로 잘 때 사용한다. 그래서 뒤쪽이 넓게 디자인된 제품이 많다. 누워 있을 때 엉덩이골을 따라 생리혈이 새는 일을 방지하기 위해서다. 롱 오버나이트, 슈퍼 롱 오버나이트 등 40센티미터 정도로 더 큰 제품도 있다.

## ◦ 입는 오버나이트(팬티형)

일반 오버나이트보다 가격대가 높지만 팬티 대신 입을 수 있어 편하고 생리혈이 덜 샌다.

## ◦ 울트라 슬림

일반 생리대보다 조금 더 얇다. 팬티라이너를 제외한 모든 사이즈가 있으며 탈취 효과 등을 위해 특수한 압축법이나 분말 도포 방식을 사용해 일반 생리대보다 비싸다.

# 진통제 먹을 때마다 고민되네

생리통 때문에 진통제를
먹을 때마다 하는 고민이 있다.

바로 몇 알을 먹을지다.

한 알? 두 알?

한 알만 먹으면
항상 부족했어.

근데 두 알은
너무 많은 것 같아.

진통제에 내성이 없다는 말을 듣긴 했지만

이 약은 한 번에 두 알씩 드세요!

알 수 없는 찜찜함 때문에
결국 한 알만 먹게 된다.

두 알 먹기엔
뭔가 내 몸한테
미안해.

하지만 무자비한 생리통을 제압하기에
진통제 한 알은 턱없이 부족하고

5252,
난 생각보다
강하다구~!

약이 왜
안 듣냐···

결국 끙끙 앓다가 한 알 더 먹고 만다.
자궁을 없애버릴 수도 없고… 짜증난다, 진짜!

그냥 처음부터
두 알 먹을 걸.

걱정하지 마!
일반 의약품으로 판매되는
단일 성분 진통제들은 내성 자체가 없다구!

# 생리통 증상별 약 추천

사람마다 생리통 증상이 다른 만큼 진통제의 종류 또한 상당히 다양하다. 감기 증상에 따라 그에 맞는 감기약을 먹듯 내 증상에 가장 효과가 있는 진통제를 챙겨 먹으면 생리 기간을 덜 아프게 보낼 수 있다. 생리가 시작될 것 같을 때 혹은 아랫배가 아릿하거나 생리통이 본격적으로 시작되기 전에 먹어야 진통제 효과를 제대로 볼 수 있다.

## 위장 장애가 있다면

아세트아미노펜 성분이 들어간 진통제를 추천하며, 비스테로이드성 소염 진통제가 더 잘 맞는 사람은 식사 직후에 먹으면 위장 장애를 피하는 데 도움이 된다. 위장 장애가 올 확률이 덜한 덱시부프로펜 성분이 들어간 제품을 먹는 것도 좋다.

## 진통제가 잘 듣지 않는 편이라면

기존에 머던 진통제를 다른 성분의 진통제로 바꿔보고, 본격적으로 아프기 전에 복용을 시작해 4~6시간 간격으로 꾸준히 복용하기를 추천한다. 진통제마다 유지되는 약효 시간이 다르니 복용 전 꼭 확인하도록 하자.

## 아랫배와 가슴이 붓는다면

이뇨제나 카페인이 들어간 복합 진통제를 고르는 것이 좋다.

## 아랫배가 당기거나 찌르는 통증이 있다면

진경제를 복용하고 진통제를 추가 복용하면 된다. 다만 진경제와 아세트아미노펜 복합 제품에 진통제를 또 추가하면 아세트아미노펜 성분이 중복돼 과용량을 복용하게 될 수 있으니 주의하자.

## 빠르게 생리통을 가라앉히고 싶다면

정제나 경질 캡슐형 진통제보다는 시럽이나 연질 캡슐형 진통제를 선택하는 것이 좋다.

# 니가 가라 하와이

# 생리를 둘러싼
# 거짓 광고에서 벗어나자

여성에 대한 인식과 인권이 높아지면서
여성을 위한 제품들이 많아지고 있다.

그래서 종종 인터넷에서 생리통을
완화시켜준다는 제품들의 광고를 볼 수 있다.

영양제부터 한약, 몸에 붙이는 밴드까지 종류도 다양!

이걸 마시면
생리통이
사라질까?

이걸 붙이면
낫는다고?

한번
써 볼까⋯?

생리대 또한 유기농, 천연 재료를
사용했다며 각종 질환이
예방, 완화된다는 광고들이 많다.

최근 식품의약품안전처는 이러한
온라인 광고 중 3분의 1 이상을
허위·과대 광고로 접속 차단 조치했다.

ㅋㅋ
또 속냐?

생리통이 완화되고 질염과 방광염에
효능이 있는 것처럼 홍보한 사례가 가장 많았다.

전문의들에 의하면 생리통이
완전히 없어지기는 힘들다고 한다.

그럼에도 생리통에 지친 여성들의 심리를
상술로 이용하려 하는 기업들이 많다.

이런 제품에 의지하기보다는 스스로 내 몸에
귀를 기울이는 것이 가장 좋은 방법이다.

더 이상 기업들이 여성의 생리를
돈줄로 보지 않기를!

# 생리, 따뜻한 차로 다스리자

안녕하세요! 저는 허브차에 대해 알려드릴
아로마 테라피스트, 마테예요!

인간은 오래전부터 풀과 열매를
식량이나 약으로 사용해왔어요.
이렇게 약용 효과가 있는
모든 식물을 허브herb라고 한답니다.

이 약초로
상처를 치료하자!

허브는 '푸른 풀'을 의미하는
라틴어 허바Herba에서 유래한 말로,
고대 국가에서는 '향' '약초'라는
뜻으로 사용했다고 해요.

이 허바는
향이 독특하군!

새로운 허바인 것 같으니
많이 챙겨가자!

이를 가장 손쉽게 즐기는 방법이 바로 허브차인데,
당분이 없고 수분을 채워준다는 장점이 있어요.

홍이가 싫어할수록
몸에 좋답니다.

우웩.

허브차를 맛있게 마시는
법을 알려드릴게요!

허브에 따라
음용량이 다르니
구입할 때 확인하세요!

먼저 유리나 도자기 용기,
신선한 허브는 1큰술,
말린 허브는 1작은술 정도*를 준비해주세요.

*1인분 기준

용기에 허브를 담고 끓인 물을 부어주세요.
신선한 허브는 4~5분, 말린 허브는 3분 전후로 우려냅니다.

차향을 충분히 음미해보세요.
허브차의 방향성 물질에는
우리 몸에 좋은 성분이 많답니다.

달달한 차가 좋다면 차가 좀 식었을 때 꿀을 넣어주세요.
미지근한 물에 섞어야 좋은 성분을 함께 먹을 수 있거든요.

이번 생리 기간에는 진통제 대신
허브차 어때요?

# 마테가 추천하는
# 생리통에 좋은 허브차

### 자궁에 좋은 카모마일차

국화과에 속하는 대표적인 허브, 카모마일의 학명은 Matricaria chamomilla. 카모마일이 예로부터 자궁에 좋다고 해 붙인 이름이다. 속명인 matricaria는 라틴어로 '자궁의'라는 의미를 가진 'matricalis'에서 유래했다.

연구에 따르면 하루에 카모마일차를 2잔씩 마신 실험군을 대조군과 비교해본 결과 불과 1달 만에 생리통이 감소했다고 한다*. 카모마일에는 항산화 물질인 플라보노이드가 많이 들어 있어서 항염, 신경 보호 등에도 좋다.

*2010년 이런 마슈하드 의과대학 연구

### 우울감과 통증이 심한 생리통에 좋은 멜리사(레몬밤) 차

꿀벌이 좋아하는 향기로운 허브, 멜리사는 '레몬밤'으로 더 잘 알려져 있다. 멜리사는 생명력을 강하게 북돋아주며 진정과 항우울은 물론 진통 효능까지 뛰어나 생리통이 있을 때 마시면 좋다. 다만 너무 많이 마시면 구토나 울렁거림, 현기증을 유발할 수 있고 갑상선 호르몬 수치를 떨어뜨릴 수 있어 하루에 한두 잔 정도만 마셔야 한다.

차 한잔 해~

## 감정 변화가 심한 PMS에 좋은 장미차

천연 항산화제라고 불리는 장미에는 폴리페놀 성분이 녹차나 홍차의 1.5~7배, 오렌지, 사과 등 과일 껍질보다는 1.5~3배나 많이 들어 있다. 유해 활성 산소를 제거하는 플라보노이드 성분 또한 과일 껍질의 1.8배나 함유되어 있다. 장미 꽃잎에는 에스트로겐이 풍부해서 호르몬으로 인한 감정 변화를 줄여주고 자궁을 튼튼하게 하는 데 도움을 준다.

## 생리 불순이 있거나 여드름이 나는 사람에게 추천하는 자스민차

해가 진 후에 피어 '밤의 여왕'이라고 불리는 자스민은 편두통과 우울증 완화는 물론 생리통 완화에도 도움이 된다. 자스민에 함유된 항산화 물질이 활성 산소, 독소 그리고 노폐물을 제거해서 혈액 순환을 원활하게 하기 때문이다. 그래서 자스민차를 마시면 생리 불순이나 생리 기간에 생기는 여드름도 예방할 수 있다. 단, 신경 안정 효과가 있어 집중력이 필요할 때는 방해가 될 수 있으니 참고하자.

## 경련과 통증이 함께 동반되는 생리통에 좋은 라벤더 차

라벤더는 불안과 우울에 가장 좋은 허브다. 세로토닌 분비를 촉진해서 우울감이 생기지 않도록 돕기 때문이다. 항경련 작용을 해 경련과 통증이 심한 생리통에도 좋다. 라벤더향은 부교감 신경을 활성화하고 스트레스로 인한 자율 신경의 불균형을 바로잡아준다.

# 생리 용품도
# 친환경이 있다

전국을 들썩이게 했던 생리대 발암 물질 파동.

그 후 여성들은 생리대의 성분과
재질에도 큰 관심을 가지게 되었다.
특히 최근 환경에 대한 이슈가 대두되면서

재사용 가능한 제품들을
사용하자는 목소리가 커지고 있다.

종이컵 대신
텀블러!

이에 따라 친환경 생리 용품에 대한
관심 또한 늘어나고 있다.

생리 용품에도
친환경이 있다고?

유기농
홍이 집?

다회용 생리 용품 중 잘 알려진 것들로는
생리컵, 생리 팬티, 면 생리대가 있다.

요즘은 해면으로 만든 다회용 탐폰부터

생분해 필름을 사용한 생리대까지
다양한 제품들이 개발되고 있다.

땅에 묻을 수 있는
재질로 만들어졌대.

신기하네.

우리의 건강을 위해, 지구를 위해
친환경 생리 생활을 시작해보자!

# 생리가 죄는 아니잖아!!

## 피임약 A to Z

### 피임약의 종류

피임약은 크게 피임을 위해 일정하게 복용하는 사전 피임약과 응급 시 복용하여 피임 확률을 높이는 사후 피임약으로 나뉜다. 사전 피임약은 에스트로겐과 프로게스틴 두 가지 성분이 들어 있는 복합 경구 피임약으로 제대로 복용했을 때의 피임 성공률은 99퍼센트로 높은 편이다. 어떤 프로게스테론 성분을 사용했느냐에 따라서 세대가 분류되는데, 총 4세대로 나뉘어 있으며 세대가 높아질수록 혈전 발생률이 올라간다. 1세대는 부작용이 심해 현재 시판되지 않고, 레보노르게스트렐을 사용하는 2세대 피임약으로는 에이리스, 미니보라 등이 있다. 데소게스트렐, 게스토덴이 들어간 3세대 피임약에는 머시론, 마이보라, 멜리안 등이 속한다. 프로게스테론 성분으로 드로스피레논을 사용하는 야즈, 야스민 등의 4세대 피임약은 현재 전문 의약품으로 분류되어 병원에서 처방받아야 한다.

사후 피임약은 합성 프로게스테론인 레보노르게스트렐이 들어간 것과 선택적 프로게스테론 수용체 조절제 울리프리스탈이 들어간 2가지 종류로 나뉘며, 후자의 경우 복용 가능 시간이 120시간 이내로 전자보다 비교적 길다. 다만 72시간, 120시간은 복용이 가능한 마지노선으로 시간 내 복용 시 효과가 100퍼센트 똑같이 나는 것이 아니므로 가능한 한 빨리 복용해야 한다. 또한 4세대 사전 피임약과 마찬가지로 시중 구입이 불가능해 의사의 처방이 필요하다.

### 피임 실패율

피임약을 복용했는데도 피임에 실패하는 경우가 있다. 사전 피임약을 비롯해 모든 피임 도구의 실패율은 최저 실패율perfect use(피임 도구를 정확한 피임법에 따라 사용했을 때의 피임 실패율)과 일반 실패율typical use(피임 도구를 잘못되거나 정확하지 않은 방법으로 사용했을 때의 피임 실패율)로 나뉘는데, WHO 자료에 따르면 사전 피임약의 최저 실패율은 0.3퍼센트, 일반 실패율은 9퍼센트라고 한다*. 최저 실패율과 일반 실패율의 차이가 큰 만큼 복용법을 확실하게 지켜 원하지 않는 임신 등 불상사가 일어나지 않도록 하자.

*Contraceptive technology 20th edition, 2011

## 대표 부작용

사전 피임약의 부작용 중 가장 흔한 것으로는 메스꺼움, 소화 불량, 두통, 어지러움, 여드름, 우울감, 부정 출혈을 들 수 있으며 심하게는 혈전, 우울증, 뇌졸중, 심장 발작 등이 발생할 수 있다. 혈전 위험성이 높아지기 때문에 흡연을 하는 35세 이상 여성의 경우 피임약 복용 금지 대상이며 고혈압, 고지혈증, 뇌혈관 질환, 유방암, 자궁암 등의 병력이 있는 경우에도 복용을 삼가야 한다.

사후 피임약은 고용량 호르몬제이기 때문에 부작용이 발생할 가능성이 사전 피임약보다 높다. 생리 주기가 갑자기 바뀔 수 있으며 부정 출혈, 배란 장애 등의 부작용이 있을 수 있다. 이는 대부분 약 복용 후 48시간 이내에 사라지나 그 후에도 계속 지속된다면 병원에 방문해 의사와 상담해야 한다. 또한 1달에 2회 이상 복용 시 피임 성공률이 낮아지고 부작용이 일어날 가능성도 높아지므로 피치 못할 사정을 제외하면 다른 피임법을 사용하는 것이 바람직하다.

## 피임 효과 외 사용법

경구 피임약을 피임 외 이유로 복용하는 경우가 있는데, 대부분 생리 주기를 맞추거나 여행, 시험 등의 이유로 생리를 미루기 위해서다. 이때 피임약 복용법을 제대로 따르지 않으면 약은 약대로 먹고 원하는 효과가 나지 않거나 생리 주기가 불안정해질 수 있으므로 약사와 상담 후 복용할 것을 권한다.

4세대 피임약인 야즈, 야스민은 중증 여드름 치료제나 다낭성 난소 증후군 치료제로도 사용된다. 하지만 호르몬제이고 혈전 위험성이 다른 세대의 피임약보다 높아 의사와 상담한 후 복용하는 것이 좋다.

# 생리 때문에 이런 짓까지 해봤다 4

물건 환불받을 게 있었는데
쇼핑몰에서 전화를 안 받는 거야.
스토커처럼 전화 받을 때까지 1248424번 함.

받으라고!!!

컴 하다 갑자기 빡쳐서 밖에 통째로 버리고 옴.
집 들어오니까 정신 들어서 헐레벌떡 나가서
바로 다시 주워 왔다ㅋㅋㅋㅋㅋㅋ

내가 잘못했어···

그대로 있어줘···

생리 때 엄카로 사이비 같은
명상 수련원 결제했다가 집안 난리남…
그때 왜 그랬는지 나도 모르겠음;

우리 딸
그런 애 아니지?!

우리는 인간인가,
호르몬의 노예인가ㅠㅠ

## 에필로그:
# 홍이와 가까워지는 만큼
# 우리는 자유로워진다

차닥과 마테를 만나고 나는 많이 바뀌었다.
이제 더 이상 생리 때 변기를 붙잡고 울지 않게 되었다.

잘 아네ㅋㅋㅋ

배랑 허리가 아픈 게
슬슬 홍이 시즌이겠네.

생리통이 시작되기 전 미리 진통제를 먹는 건 물론

···똑똑해졌네?!

그렇다면!
진통제부터 먹어놔야지!

차닥이 알려준 대로 운동도 꼬박꼬박 하고

아프다고 누워만
있으면 안 되지!

이러면 괴롭힐 때
노잼인데···

마테가 추천해준 차도 열심히 마신다.

몸을 따뜻하게 하는 게
중요하다고 했지?

괜히 거부감이 들었던
생리 용품들에도 도전해보고 있다.

저번 달에는
면 생리대,

이번 달에는
생리컵!

생리컵 별거 아닌데?
하루 만에 익숙해졌어.

나한텐 씨 폴드 방식이
제일 잘 맞네!

무엇보다 이제는 생리를
부끄러워하거나 숨기지 않는다.

아무것도 아니야···!

그거 뭐야?

내가 창피해?
다음 주기 때 보자.

오히려 내 삶의 일부로 받아들이고
적극적으로 표현하게 되었다.

팀장님, 저 생리통이 심해서
생리 휴가 좀 사용하겠습니다!

인류의 절반이 하지만 누구도 제대로 이야기하지 못했던
생리는 불결한 것도, 무서운 것도, 민망한 것도 아니다.
내가, 그리고 여자들이 살아 있다는 증거다!